Brigitte Anna Lina Wacker

...und alles nur aus Liebe

Roman

Herstellung und Verlag
BoD - Books on Demand, Norderstedt
ISBN 978-3-7412-7628-6

Ohne ausdrückliche Genehmigung ist es nicht gestattet, das Buch oder Teile daraus zu vervielfältigen.
Text und Fotografien: Brigitte Anna Lina Wacker

Alle Urheberrechte bei der Künstlerin

Juni 1993

Endlich Urlaub. Die Koffer waren gepackt, das Ticket war bestellt und im Frühjahr hatten wir ein Hotel in Bad Sooden-Allendorf gebucht.
Bereits vor einem Jahr hatten wir uns im Internet nach Fachwerkstädten umgeschaut. Fritzlar stand ganz oben auf unserer Wunschliste. Auch wären wir gerne nach Soest oder Rothenburg ob der Tauber gefahren. Nach langer Überlegung und Preisvergleichen hatten wir uns endlich für Bad Sooden-Allendorf entschieden

Meine Freundin Annemarie war mindestens eben so aufgeregt wie ich. Schließlich war es unser erster gemeinsamer Urlaub. Wir waren in einem verschlafenen Dörfchen im Norden Deutschlands aufgewachsen, waren auch nach der Schulzeit dort geblieben und wohnten nur knapp einen Kilometer voneinander entfernt.

Bislang kannten wir beide nur unsere Arbeit. Annemarie war Schneiderin. Sie zauberte wundervolle Modellkleider aus Stoffen, die sie oftmals auf Flohmärkten fand. Außerdem verarbeitete sie farbenfrohe Stoffreste zu exquisiten wundervollen Patchworkarbeiten. In ihrem kleinen Haus, das sie von ihren Eltern geerbt hatte, barg jedes Zimmer Kostbarkeiten, in denen ich gerne stöberte. Dort stapelten sich Gardinen, Kissenhüllen, Tischdecken und allerhand Nützliches und Dekoratives für die Wohnung.

Oftmals vergaß ich die Zeit, wenn ich sie an den Wochenenden besuchte. Bei einer guten Tasse Kaffee oder Tee und einem Stück ihres selbst gebackenen Kuchens schien mir Annemaries Haus wie eine Oase in einer für mich hektischen Zeit.

Annemarie spielte Gitarre. „Nur so zum Zeitvertreib", wie sie sagte. Sie spielte mit einem verträumten Lächeln im Gesicht. Die Töne schienen zu schweben, ganz besonders, wenn sie mit leiser klarer Stimme dazu sang. Es tat meiner Seele gut, ihr zuzuhören.

Meine Freundin war so ganz anders als ich. Mein Leben verlief in geradlinigen Bahnen, war durchstrukturiert und karriereorientiert. Als Sekretärin in einem Pharmakonzern hatte ich mehr als genug zu tun. Mein Chef verließ sich blind auf mich. Er war gewohnt, dass ich nur selten Urlaub machte und die vielen

Überstunden gerne in Kauf nahm. Auch gab es für mich keine Krankheitsausfälle. Gearbeitet wurde trotz Fieber, Husten oder Schnupfen. Ich galt als diszipliniert und absolut zuverlässig.

Als ich einige Jahre zuvor als Abteilungssekretärin meine berufliche Karriere startete, organisierte ich umgehend die Ablagesysteme, die sich in einem schrecklichen Zustand befanden. Bereits nach wenigen Tagen war alles neu geordnet. Nebenbei erstellte ich Statistiken über Produktverkäufe, den damit verbundenen Flaschen- und Verpackungsformen. Auch die Schriftfarben und Größen waren zu beachten, um zu analysieren, wie die einzelnen Kunden auf unsere Produkte reagierten. Ich fand es spannend zu sehen, wie die Umsatzkurven nach oben schnellten, wenn alles optimal organisiert und berücksichtigt wurde.

Die vielseitige Arbeit machte mir Spaß. Außerdem lernte ich zahlreiche interessante und einflussreiche Menschen kennen. Der Aufstieg in die obere Chefetage war nur eine Frage der Zeit und erfolgte bereits nach kurzer Zeit. Die Bezahlung meines Traumjobs war hervorragend und erlaubte mir ein angenehmes luxuriöses Leben. Nahezu jeden Cent des großzügig bemessenen Gehaltes steckte ich in die Ausstattung meiner Wohnung. Designermöbel, edle Teppiche, Gemälde und wertvolle Kunstobjekte gaben mir das Gefühl von Sicherheit und Exklusivität. Meine Kleidung war elegant bis exzentrisch. Während der Arbeitszeit kleidete ich mich klassisch elegant, genau so, wie es sich für eine Sekretärin gehört.

Es gab kaum Pausen in meinem Leben. Die wenigen freien Stunden verbrachte ich oft gemeinsam mit meiner Freundin Annemarie. Wir besuchten Galerien oder ließen uns im Café oder in der Eisdiele mit Leckereien verwöhnen. Bis auf wenige kleine Flirts gestaltete sich mein Liebesleben gleich Null. Mein Traumprinz musste wohl erst noch gebacken werden, so dachte ich mir.

Annemarie, von mir liebevoll nur Anne genannt, und ich trafen uns am Bahnhof unseres Dorfes. Wir hatten eine lange Bahnfahrt vor uns und freuten uns schon sehr auf dieses noch unbekannte Vergnügen.
Die Plätze im ICE waren reserviert.
Wir hatten einen Großraumwagen gewählt, wollten das Bad in der Menge genießen. Das Umsteigen auf den Bahnhöfen bereitete uns noch ein wenig Kopfzerbrechen, als wir an unsere ungewohnt schweren Koffern dachten,

jedoch hofften wir auf Kavaliere vom alten Schlag und dass wir alle Anschlusszüge schafften. Als die klapprige Regionalbahn endlich pfeifend unseren Bahnhof erreichte, waren wir die einzig Wartenden am Bahnsteig.

Der erste Fahrtabschnitt führte uns nach Buxtehude, wo wir eine halbe Stunde Aufenthalt hatten, bis der Anschlusszug eintraf. Zum Glück fanden wir ein Abteil mit vielen freien Plätzen und freuten uns über die morgendliche Ruhe. Anne hatte Hunger. Ich musste lachen, als die zierliche kleine Person ein übergroßes, mit Schinken und Käse belegtes Baguettebrötchen auspackte und herzhaft hinein biss.

„Warum lachst du, Conny?", fragte sie mich erstaunt. „Ich habe die ganze Nacht vor Aufregung kein Auge zugemacht und heute Morgen war ich so aufgeregt, dass ich nichts essen konnte. Außerdem muss ich dann nicht mehr so viel Proviant mit mir herumschleppen. Willst du mal beißen?", grinste sie mich an.

„Ach, du halbe Portion, verdrück dein Brötchen mal ganz alleine. Vielleicht wächst du dann noch ein bisschen!", alberte ich herum.

Anne war ein wenig kurz geraten. Außerdem war sie gertenschlank, wenn nicht sogar mager. Dagegen wirkte ich neben ihr mit meiner Größe von 1,72 m beinahe wie eine Riesin. Obwohl mein Gewicht noch im normalen Bereich lag, erschien ich neben Anne als sehr weiblich gerundet, beinahe füllig.

Anne war übrigens die Einzige, die mich „Conny" nennen durfte. Meine Eltern hatten mir den strengen Namen Konstanze verliehen und ich legte auch besonderen Wert darauf, so genannt zu werden.

Neugierig schauten wir aus dem Fenster des langsam fahrenden Zuges. Überall gab es nur Wiesen, Weiden, Moor und Waldlandschaften. In der Ferne sahen wir einsam liegende Gehöfte.

Nach unserer Ankunft in Buxtehude wurde der Bahnhof von uns neugierig inspiziert. Um zum Ausgang zu kommen mussten wir durch eine Unterführung und hätten dafür sogar einen alten rostigen Fahrstuhl benutzen können. Wir machten uns Gedanken darüber, ob dieses veraltete Teil überhaupt funktionierte und entschieden uns für die Unterführung.

Es war kein beschaulicher Weg. An den Wänden prangten undefinierbare Graffiti-Schmierereien. Uringestank waberte durch den engen Gang, an dessen Ende wir uns mühsam mit dem schweren Gepäck die Treppe hoch schleppten.

Wir überlegten, unsere Koffer einzuschließen, um ein wenig den Ort anzuschauen. Doch dann entschieden wir uns dagegen und genossen auf einer Bank die herrliche Sommersonne. Lachend und gackernd wie junge Mädchen zogen wir neugierige amüsierte Blicke auf uns und genossen in vollen Zügen das neue und unbekannte Gefühl von Freiheit.

Die nächste Station unserer Fahrt war Neugraben. Hier hieß es, die Beine in die Hand zu nehmen und samt schwerem Gepäck die lange Treppe nach oben zu steigen. Dann mussten wir einen eben so langen Gang durch eine Halle hasten und erneut viele Stufen abwärts zum nächsten Gleis eilen. Dort stand abfahrtbereit die S-Bahn zum Hauptbahnhof Hamburg. Ach du liebe Güte, so stressig hatten wir uns das Umsteigen nun doch nicht vorgestellt. Anne hatte mit ihrem Gepäck mächtig zu kämpfen. Die Koffergriffe drückten in unseren Hände und wir jammerten und stöhnten. Natürlich gab es keine Kavaliere weit und breit, die uns halfen. Jeder hatte mit sich selbst genug zu tun. Nach vielen Mühen saßen wir endlich in der total überfüllten S-Bahn.

Neugierig schauten wir die Mitreisenden an. Menschen unterschiedlicher Nationen begleiteten uns auf unserer Fahrt. Mit rasantem Tempo kamen wir voran und schon nach wenigen Haltestellen hieß es für uns erneut auszusteigen, zur Rolltreppe zu eilen, um endlich den ICE nach Göttingen zu erreichen. Wie zu erwarten war, fuhr dieser Zug auf der anderen Seite des riesigen Bahnhofs ab.

Unter großen Mühen schafften wir es gerade noch rechtzeitig einzusteigen, bevor der Pfiff des Zugführers ertönte und der ICE sich in Bewegung setzte. Wir waren erstaunt über die vielen Reisenden, die in den Gängen zwischen den einzelnen Abteilen auf dem Boden saßen. Dazu gehörten Anzugträger, Studenten, Kinder und sogar alte Leute.

Es war mühsam, mitsamt Gepäck durch den Zug zu laufen. Aber endlich erreichten wir unser Abteil mit den reservierten Plätzen. Allerdings hatten es sich bereits andere Mitreisende darauf gemütlich gemacht. Wir zeigten unsere Platzkarten und ernteten enttäuschte Gesichter. Ein eleganter älterer Herr half der kleinen Anne, ihren schweren Koffer in das Gepäcknetz zu heben. Sie schwebte wie auf Wolken und schenkte ihm ein zauberhaftes Lächeln. Mir Vollblutweib allerdings half leider niemand und so durfte ich mein Gepäck selber im Netz verstauen.

Aufatmend ließen wir uns in die schmalen aber gemütlichen Sitze fallen. Nun hatte sogar ich Hunger bekommen und vertilgte genüsslich meine mitgebrachten Früchte und zwei Riegel leckerer Schokolade.
Wir freuten uns, als uns vom ICE-Personal Kaffee und andere Getränke angeboten wurden und genossen die lange Fahrt bis Göttingen. Wie immer ging uns der Gesprächsstoff nicht aus.

Nach mehrstündiger Fahrt erreichten wir endlich den Göttinger Bahnhof. Wie es nicht anders zu erwarten war, gab es nochmals einen weiten Weg zum letzten Bahnsteig dieser Fahrt. Ich überlegte, wie es wohl Menschen im Rollstuhl oder ältere Leute schaffen würden, pünktlich von einem zum anderen Bahnsteig zu kommen. Menschen mit Behinderungen konnten solche Strapazen ohne Hilfe überhaupt nicht schaffen.

Die Aufenthaltszeiten für uns waren überaus knapp bemessen. So waren wir froh und glücklich, als wir endlich unseren Zielbahnhof erreichten und sogar mehrere Taxis auf Fahrgäste warteten. Kurz nach Mittag war es und wir waren sehr froh und erschöpft, als wir endlich in unserem Hotel im Ortsteil Sooden ankamen. Da wir beide enormen Hunger verspürten, brachten wir lediglich unsere Koffer in die kleinen sparsam eingerichteten Zimmer und machten uns auf den Weg, eine Pizzeria zu finden. Denn Pizza und ein kühles Alsterwasser waren für uns jetzt das Erstrebenswerteste, das wir uns vorstellen konnten.

Wir hatten Glück. Nicht weit vom Hotel entfernt fanden wir, was wir suchten und draußen waren sogar Plätze frei. Ein überaus gut aussehender Mann kam lächelnd an unseren Tisch und fragte nach unseren Wünschen. Auf der Karte fanden wir ein übergroßes Angebot. Wir entschieden uns für einen kleinen Salat und eine Salami-Pizza.

Das „Alsterwasser" trug hier einen anderen Namen, es wurde „Radler" genannt. Aber das tat der Freude und dem Genuss keinen Abbruch.

Als wir endlich gesättigt und gestärkt waren, schlenderten wir gemächlich durch die Weinreihe in Richtung unseres Hotels. Wir wollten uns ein Stündchen Schlaf gönnen und dann den Ort genauer erkunden. Neugierig sahen wir uns um. Der Kurpark zur linken Seite war üppig bepflanzt. Unter den großen Schatten spendenden Bäumen standen zahlreiche Bänke.

Die Cafés waren gut besucht. Überall waren unter riesigen Sonnenschirmen Stühle und Tische aufgestellt und luden zum Verweilen ein. Wir beschlossen, am späten Nachmittag ein Kännchen Kaffee und Sahnetorte zu genießen und danach ausgiebig in den Modegeschäften nach Besonderheiten Ausschau zu halten. Weit waren wir noch nicht gekommen, da hörten wir in der Nähe Tanzmusik erklingen.

„Bist du sehr müde, Anne?", fragte ich meine Freundin.

„Ach Conny", meinte sie nur, die Augen verdrehend, „selbst wenn ich müde wäre, du würdest ja doch keine Ruhe geben. Also lass uns den Klängen nachgehen und einen Umweg machen."

Anne schenkte mir ein bezauberndes Lächeln, fasste meine Hand und wir kehrten um. Ein kleiner gepflasterter Weg führte uns durch den Kurpark. Viele Leute saßen vor einem Hotelcafé an mit Blumen geschmückten Tischen und freuten sich über eine Lifeband, die zum Tanz aufspielte. Einige mutige Gäste wagten bereits die ersten Schritte. Wir blieben stehen und schauten uns das Szenario in Ruhe an.

„Meine Güte!", entsetzte sich Anne. „Siehst du, wie alt die hier alle sind? Hier sitzen ja überhaupt keine jungen Leute, das ist reinstes Mumienschieben."

„Also bitte! Mäßige dich mal", empörte ich mich grinsend. „Vielleicht gehören die alle zu einer Ausflugsfahrt und machen hier Pause. Das wird ja wohl nicht immer so sein."

„Na ja", meinte Anne. „Auf jeden Fall können die älteren Herren gut tanzen. Wollen wir noch einen Augenblick bleiben und schon jetzt einen Kaffee zu uns nehmen?"

„Meinetwegen", antwortete ich. „Vielleicht werden wir dann wieder munter."

Es dauerte nicht lange, da wurden wir auch schon von zwei Männern zum Tanz gefordert. Zum Glück hatte ich einen sehr netten attraktiven Tänzer erwischt. Sein Auftreten war höflich, galant und selbstsicher.

Anne hatte es nicht so gut getroffen. Bei ihrem Tanzpartner handelte es sich um einen weiß gekleideten sehr alten Herrn mit wettergegerbter Haut, roter Krawatte und Einstecktuch. Zudem hatte er eine Blume ins Knopfloch gesteckt und trug einen weißen Hut. Er zitterte mehr als er ging und beide zusammen gaben ein äußerst seltsam anmutendes Pärchen ab.

Während ich beschwingt meine Kreise drehte und über die gepflasterte Steinfläche schwebte, holperte die arme Anne mit ihrem Tänzer unbeholfen im Kreis herum. Es war ein jämmerlicher Anblick, aber die Höflichkeit verbot ihr, den sonderbaren Tänzer einfach stehen zu lassen.

Auch der längste Tanz endet zum Glück einmal und wir trafen uns an unserem kleinen runden Tisch wieder. Wir wollten gerade unseren Kaffee genießen, als die Musiker schon wieder anfingen zu spielen.
Entsetzt bemerkten wir, dass der alte zittrige Tänzer seine Schritte erneut in die Richtung unseres Tisches lenkte.

„Oh nein, nicht schon wieder!", stöhnte Anne. Aber dieses Mal kam der weißgekleidete Sonderling auf mich zu gestolpert. Ich beschloss, unhöflich zu sein. So eine Blamage wollte ich mir nicht gönnen. Ein Tanz mit einem schlotternden Gartenzwerg. Nicht mit mir! Und so bekam der kleine Mann eine spezielle Abfuhr. Ich würdigte ihn keines Blickes und überhörte geflissentlich seine Aufforderung. Gekränkt nahm er daraufhin Anlauf zum nächsten Tisch, an dem zwei äußerst elegante Damen bereits auf ihn warteten.

Wir bemerkten einen starken Überschuss an älteren tanzfreudigen Damen. Die Männer hatten es bei der Auswahl ihrer Tänzerinnen sehr leicht. Anne und ich lachten uns an und beobachteten amüsiert das bunte Treiben. Nachdem wir eine Weile zugeschaut und über vieles herzlich gelästert hatten, beschlossen wir, unser Hotel aufzusuchen und eine Mütze voll Schlaf zu nehmen.

Von der Tanzfläche aus kamen wir direkt zu einer kopfsteingepflasterten Straße. Hier entdeckten wir ein Schmuckgeschäft mit wundervollen Ketten aus Edelsteinen. Daneben gab es ein Geschäft mit erlesener Trachtenmode und einige Häuser weiter erfreute uns ein kleines „Delfter Porzellan-Stübchen". Alle Hauser der Straße machten einen sehr gepflegten Eindruck und wir freuten uns schon sehr auf das das Erkunden der Geschäfte in den folgenden Tagen.

Wir beschlossen, zur besseren Orientierung schnellstmöglich einen handlichen Stadtplan zu besorgen, uns aber schon jetzt einige Straßennamen einzuprägen.

Der Brunnenplatz führte zur Brunnenstraße.
Von dort aus gab es sehr schöne Einblicke in kleine Gässchen, die uns neugierig machten. Es fiel uns schwer weiterzugehen. Aber noch lag eine ganze Urlaubswoche vor uns. Es gab

keinen Grund zur Eile. Unser Rundgang führte uns um den Kurpark herum, an einem Gasthaus vorbei zur Westerburgstraße, in der unser Hotel stand.

„Mir tun die Füße weh", klagte Anne und beschloss, die nächsten Tage ausschließlich in bequemen Birkenstock-Sandalen zu wandern.
„Ich glaube, ich habe überall Blasen bekommen", jammerte sie weiter.

Obwohl sie mir leid tat, frotzelte ich ein wenig mit ihr herum. Schließlich hatte ich extra flache Sandalen gewählt, damit der Größenunterschied zwischen uns nicht so deutlich auffiel.

Erschöpft kamen wir im Hotel an. Erst jetzt fiel uns auf, dass es schon nach 17 Uhr war. Wir trennten uns, um in einen erholsamen Schlaf zu fallen. Das zaghafte Klopfen an der Zimmertür holte mich aus traumlosem Schlaf wieder in die Wirklichkeit zurück. Es dauerte einen Moment, bis ich wusste, wo ich mich überhaupt befand.

„Hallo Conny! Bist du schon wach?", flüsterte Anne leise. Stöhnend erhob ich mich und öffnete die Tür.

„Du, ich glaube, ich habe schon wieder Hunger", meinte meine Freundin. „Wollen wir noch einmal runter in die Stadt oder bleiben wir hier und essen unsere restlichen Brote auf?"

Nach kurzer Überlegung entschieden wir uns, auf einen weiteren Stadtgang zu verzichten. Wir dekorierten unsere übrig gebliebenen Proviant-Schätze auf dem Tisch in meinem Zimmer, fanden in der Minibar eine kleine Flasche Wein und genossen die Stille des Augenblicks. Anschließend machte sich Anne auf den Weg zur Rezeption. Sie schlich durch das Hotel, als würden die Gäste schon allesamt schlafen und kam mit zahlreichen Prospekten und den Veranstaltungshinweisen zurück.
Die Anstrengung der Fahrt, der Weg durch die Stadt und auch der Wein hatten uns müde gemacht. Früh gingen wir ins Bett und freuten uns auf den kommenden Tag.

Die Sonne stand bereits hoch am Himmel, als wir endlich geduscht und gestylt den Frühstücksraum betraten. Dort hatte die Schlacht am Buffet schon längst begonnen. Zum Glück hatte man uns einen Tisch am Fenster reserviert. Wir waren in Urlaubslaune und schauten verwundert in die müden und zum Teil mürrischen Gesichter der anderen Gäste.

„Wieder ein älteres Semester", stellte meine Freundin erneut fest.

„Ach, liebe Anne, nun warte doch erst einmal ab. Das sieht ja aus, als hättest du Notstand", amüsierte ich mich.

„Na ja, ein bisschen Abwechslung wäre schön", meinte sie nachdenklich. „Immer nur arbeiten und gar kein Liebesleben, wer hat dazu auf Dauer schon Lust."

„Du kannst dir später ja ein paar attraktive Männer mit dem Lasso einfangen", erwiderte ich belustigt. Aber letztendlich ging es mir nicht anders als ihr und ich hätte schon gerne eine Begegnung bzw. einen Flirt mit einem interessanten männlichen Wesen gehabt.

Anne verputzte drei Brötchen mit Marmelade, doppelt aufgelegtem Käse und Wurst. Schmachtend beobachtete ich, wie es ihr schmeckte. Würde ich solche Mengen verzehren, käme ich mit Sicherheit in einer Woche nicht mehr in meine Hosen hinein. Anne schienen solche Probleme fremd zu sein. Immer hungrig, Berge von Brot, Kuchen und Leckereien in sich hineinstopfend, war und blieb sie gertenschlank.

„Du musst dir einfach denken, dass alles, was du isst, schlank macht", meinte sie lapidar. „Dick werden tut man nur im Kopf!"

Und das sollte ich ihr glauben? Ich brauchte nur an einer Torte vorbei zu laufen, um schon wieder ein Kilo mehr auf den Hüften zu haben. Mit diesem Zustand war ich meist unzufrieden. Also genehmigte ich mir wenigstens zwei Brötchen, kratzte die Butter dünn darauf und wählte extra mageren Aufschnitt. Aber auf Käse wollte und konnte ich an diesem Tage nicht verzichten. Ich wollte noch ein wenig am Frühstückstisch sitzen bleiben und die Ruhe genießen, aber Anne drängelte bereits zum Aufbruch.

„Los, Conny, nun beeile dich mal. Komm in die Hufe", forderte sie mich auf.

„Ich denke, dir tun die Füße weh", entgegnete ich und schob mir noch schnell ein Käseröllchen in den Mund, bevor ich mich erhob.
Es roch nach Staub, Sonne und Blumen, als wir uns über Kopfsteinpflaster Richtung Stadt begaben. Wir hatten unsere Kameras dabei und schauten neugierig in die kleinen

Gassen, die Richtung Kurhotel und Brunnenplatz von unserem Weg abzweigten. Überall entdeckten wir romantische Winkel. Vor den Häusern waren waren Bänke aufgestellt, daneben schwere Blumenkübel und sogar Bäume in großen schweren Gefäßen.

Die Fachwerkhäuser machten einen gepflegten Eindruck, die Balken waren in unterschiedlichen Farben gestrichen und die Gefache erstrahlten zumeist in reinstem Weiß. Stockrosen und Kletterrosen blühten in üppiger Vielfalt an den Hauswänden.

Auf unserem weiteren Weg fanden wir eine Bücherei, ein riesiges Polizeigebäude und eine alte Linde, um deren dicken Stamm herum eine Bank aufgestellt war. Es gab überall Ferienpensionen und Unmengen freier Zimmer, was uns erstaunte, denn überall waren die Parkplätze vollständig besetzt. Die Geschäftsleute waren bemerkenswert freundlich. Überall wurden wir gegrüßt, als wären wir alte Bekannte.

Wir fanden dieses Städtchen urig und romantisch und fühlten uns wie in einem Märklin-Eisenbahndorf, denn die Geräusche der ein- und durchfahrenden Züge hallten

von den bewaldeten Hügeln zurück. Überall herrschte eine wundersame Atmosphäre.
Wir verwarfen unseren Plan, einen Einkaufsbummel zu machen. Dafür war in den nächsten Tagen noch Zeit genug. Lieber wollten wir die wärmende Sonne genießen.

Die ersten Kurgäste huschten durch die Straßen. Man erkannte sie an ihren Einkaufsbeuteln, die mit unterschiedlichen Motiven und Farben auf die einzelnen Kurkliniken aufmerksam machten.

„Komm, wir gehen rüber nach Allendorf!", schlug Anne vor.

Ich war einverstanden. Wir kamen an einem Kino vorüber und mussten sofort nachschauen, welche Filme dort am Abend angeboten würden. Es gab in dieser Woche entweder einen Liebesfilm oder einen Gruselschocker. Wir entschieden uns für den Liebesfilm am Abend, denn es war lange her, dass wir beide in einem Kino gesessen hatten.

Wir liefen durch eine lange Unterführung. Auf der anderen Seite angekommen entdeckten wir eine Döner-Bude. Lecker duftete es nach Fladenbrot, Fleisch und Knoblauch. „Das wird heute unser Mittagessen", freuten wir uns.

Der Stadtteil Allendorf lag zur rechten Hand und wir erreichten eine erste Brücke. Der Blick auf die Altstadt war herrlich. Die vielen Gebäude mit roten Dächern, die sich dicht an dicht an der Werra drängten, boten mit ihren Verschachtelungen ein herrliches Panorama.
Wir überquerten eine zweite Brücke und schauten dem strömenden Wasser unter uns hinterher. Kleine Boote lagen am Ufer. Alles sah aus wie ein riesengroßes Gemälde.

„Ach Conny, wie schön, dass wir uns für Bad Sooden-Allendorf entschieden haben", bemerkte Anne. „Auch wenn hier überwiegend alte Menschen leben, es ist zauberhaft, fast wie im Märchen."
Immer noch waren mir die vielen alten Leute nicht aufgefallen. Ich wunderte mich sehr

über Anne. Wir liefen straßauf und straßab, bis uns anfing, der Magen zu knurren.
Am Marktplatz angekommen lauschten wir den zarten Klängen des Glockenspiels.

Anne fasste meine Hand und legte ihren Kopf an meine Schulter. Dann folgte der unvermeidbare Satz: „Du Conny, ich habe riesigen Hunger!"

Direkt am Marktplatz lockte ein großes Hotel mit leckeren Gerichten. Wir betraten einen geräumigen Gastraum, in denen vereinzelt Gäste saßen. Ihnen schien es zu schmecken und so ließen wir uns erschöpft an einem

Tisch für vier Personen nieder. So viel zu wandern waren wir beide nicht gewohnt.

Wir beschlossen, es langsamer angehen zu lassen. Am Nebentisch saßen zwei junge Männer, die uns neugierig anstarrten. Sie begannen zu tuscheln. Während wir uns ein leckeres Schnitzel mit Pommes schmecken ließen und eine große Apfelschorle unseren Durst löschte, versuchten die beiden, uns zum Blickkontakt zu animieren. Wir hatten jedoch keine Lust, mit zwei Grünschnäbeln zu flirten und taten so, als ob wir nichts bemerkten. Später, als wir das Hotel verließen, folgten uns die aufdringlichen Verehrer auf dem Fuße. So beschleunigten wir unsere Schritte, aber sie ließen sich einfach nicht abwimmeln. Keuchend holten sie uns nach mehreren hundert Metern ein.

„Hey, lauft ihr immer so schnell?", war die originelle Frage des einen. Wir zeigten keine Reaktion.

„Meine Güte", so der andere, „warum rennt ihr denn bloß so?"
„Wieso, ihr rennt doch auch!", parierte ich.
„Zieht vorüber, wenn ihr uns überholen wollt! Und ansonsten lasst uns bitte in Ruhe. Wir brauchen keine Wachhunde und haben auch nicht vor, mit euch Gassi zu gehen."

Verblüfft schauten die beiden uns an, lachten schallend, drehten sich um und entfernten sich.

Unser Weg führte durch weitere schmale Gassen mit hohen Fachwerkhäusern. Wir konnten uns daran gar nicht satt sehen. Schon bald hatte Anne wieder Appetit, und zwar auf etwas Süßes. Wir fanden neben einer Bäckerei ein kleines Café. Leckerer Apfelkuchen mit Schlagsahne lachte uns an. Wir konnten nicht widerstehen und beschlossen, nach dem Urlaub eine Null-Diät zu machen.

Auf dem Weg zurück hinter der Unterführung begegnete uns eine übermütige Horde älterer Männer. Plötzlich fassten sie sich an den Händen, umzingelten uns und meinten herausfordernd:
„Erst einen Kuss, dann dürft ihr weiter."

Es gab keine Chance zu entrinnen, aber die Situation war absolut amüsant. Zum Glück waren diese übermütigen Herren nicht betrunken und so küsste ich kurzerhand einem Rothaarigen auf die Wange und wurde sofort freigelassen. Alle lachten und grölten, denn nun war Anne an der Reihe. Schließlich hob der Größte der Truppe die kleine Anne in die Höhe und wollte sich ein Küsschen rauben.

„Lass mich sofort los", empörte sie sich selbstbewusst. „Ich beiß dir die Nase ab oder dein Ohr. Lass mich runter!"

Diese Worte fanden fröhliche Beachtung. Unter lautem Gejohle ließ der Bedrohte meine Freundin zu Boden gleiten und auch sie kam in die Freiheit. Lachend zogen wir von dannen. Welch ein Spaß.
„Sind denn hier alle verrückt?", empörte sich Anne.

Ach, so ein Frauen-Urlaubstag ist doch etwas Herrliches. Wir genossen im so genannten „Kurtheater" den Liebesfilm und lachten, weinten, hofften und bangten mit. Natürlich ging alles gut aus und erleichtert verließen wir das Kino, um den Abend romantisch ausklingen zu lassen und in der nahen Eisdiele einen riesigen Eisbecher zu bestellen.

Es wurde früh dunkel in den Bergen. Wir waren fast alleine auf der Straße, denn die Kurgäste mussten wohl schon lange in ihren Kliniken sein. Plötzlich verschwand Anne unvorhergesehen neben einer Telefonzelle. Ungeniert setzte sie sich in die Büsche, um sich zu erleichtern. Mir blieb die Spucke weg. So etwas hatte ich noch nicht erlebt.

„Ich weiß nicht, was du hast, Conny. Ich kann mir doch nicht ins Höschen machen. Und bis zum Hotel hätte ich es nicht mehr geschafft."

„Anne, das ist doch peinlich!" bemerkte ich nur.
Zu einem Spaziergänger, der uns entgegen kam meinte ich laut: „Die gehört nicht zu mir!", und erntete einen erstaunten Blick.

Anne lachte unbeschwert. „Die Männer stehen ja auch überall an den Bäumen rum. Warum darf ich nicht auch in die Büsche gehen?"

„Aber doch nicht mitten in der Stadt. Und wir haben nur noch ungefähr 50 Meter zu laufen, du verrückte Nudel!"

Anne zuckte unbekümmert mit den Schultern und hakte sich bei mir ein. Zügig gingen wir weiter. Die vielen neuen Eindrücke hatten uns müde gemacht. Wir freuten uns auf unser Betten und würden sicher schnell einschlafen.

Am nächsten Morgen beschlossen wir, gleich nach dem Frühstück Richtung Bruchteiche aufzubrechen. Es war ein weiter Weg zu Fuß und so schlüpften wir in die extra mitgebrachten Wanderschuhe und bequeme Jeans. Eine langärmelige Bluse erschien uns unvermeidlich, schließlich wollten wir uns keinen Sonnenbrand holen.

Diese Bruchteiche, so hatten wir gelesen, waren um ca. 1910 künstlich entstanden, also ausgebaggert worden. Wir hatten am Nebentisch gehört, dass es Haubentaucher und Blesshühner zu beobachten gäbe. Der Weg um die Teiche herum sollte etwa eine Stunde dauern. Zum Mittagessen würden wir also wieder zurück sein.

Auf die Idee, im Hotel ein Fahrrad zu mieten, waren wir leider nicht gekommen und so machten wir uns tapfer auf den weiten Weg. Zum Glück hatte ich meinen kleinen Rucksack dabei und eine Flasche Wasser eingepackt. Die Luft im Werratal war schwül und heiß und unsere Wanderschuhe ungewohnt schwer an den Füßen.

Kurz bevor wir bei den Teichen ankamen, entdeckten wir unter schattigen Bäumen eine Wassertretanlage. Überglücklich zogen wir unsere Wanderschuhe und Socken aus,

krempelten die Jeans hoch und staksten durch das kühle Nass. Ach, das war herrlich.
Wie schön, dass auch mehrere Bänke aufgestellt waren. Wir legten die Beine hoch, um sie zu trocknen und genossen die Ruhe, die lediglich vom Zwitschern der Vögel unterbrochen wurde. Weit und breit nur Einsamkeit.

Vor ein paar Jahren musste es hier noch anders gewesen sein. Da gab es ganz in der Nähe die Balzerborn-Klinik. Jetzt stand sie leer und machte einen trostlosen Eindruck. Dem Augenschein nach mussten sehr viele Kurgäste dort versorgt worden sein, denn es handelte sich um einen riesigen Gebäudekomplex.

Nach kurzer Rast wanderten wir weiter. Welch ein Kleinod fanden wir vor! Ein schmaler beschatteter Weg führte uns durch unberührte Natur.
In der Ferne wurde Schloss Rothestein von der Sonne angestrahlt und erinnerte an Märchen vergangener Zeiten. Schmetterlinge flatterten um uns herum. Auch die Vögel hatten keine Scheu.

Wir erreichten mühelos einen zweiten Teich. Gleich zu Beginn führte der schattige Weg durch Sumpfgebiet. Wir entdeckten Pflanzen, die es in Cuxhaven und Umgebung nicht gab. Zu unserem großen Bedauern hatten wir keinen Naturführer mitgenommen.

Anne und ich waren wohl die einzigen Wanderer an den Bruchteichen. Wir schritten zügig voran und freuten uns auf die Sonne, die verlockend an der anderen Uferseite über Felder und Wiesen schien.
Jetzt erst entdeckten wir, wie nahe wir der Eisenbahnstrecke waren.

Der Weg führte an Schrebergärten vorbei in Richtung Balzerborn. Wir freuten uns auf ein zeitiges Mittagessen und kühles Bier, das wir uns wirklich verdient hatten.

Den ganzen Vormittag lang hatten wir kaum ein Wort miteinander gesprochen. Wir verstanden uns schweigend.

„Schade, das ich meine Gitarre nicht dabei habe", meinte Anne. „Das wäre doch wirklich wunderschön. Wir sitzen hier auf einer Bank mitten in der freien Natur und singen wie die Vögel unser Lied".

„Aber das können wir doch auch ohne Gitarre", meinte ich und schon fingen wir an, alte Fahrtenlieder aus längst vergangener Schulzeit zu trällern. Das Laufen fiel plötzlich viel leichter und auch die Müdigkeit war verflogen.

Nach dem Mittagessen beschlossen wir zu faulenzen, mieteten für uns beim Gradierwerk Liegestühle und genossen die salzige Luft. Es war beinahe wie an der Nordsee. Ein leichter Wind wehte und lud zum Träumen ein. Hatten wir denn schon Heimweh?

Unweit vom Gradierwerk und Söder Tor fanden wir am späten Nachmittag ein Café, das mit vielen Sitzplätzen unter ausladenden Schirmen zum Verweilen einlud. Die Besitzer verführten ihre Gäste mit einer großen Auswahl an Torten und Gebäck. Natürlich hatte Anne sofort Appetit und bestellte sich sogleich zwei riesige Stücke Torte und ein Kännchen Kaffee. Ich überlegte, ob ich wieder einmal „FdH" machen müsse, tat es ihr dann aber gleich. Wir wollten dafür auf das Abendessen verzichten und beim Tanz im Kurparkhotel die überflüssigen Kalorien wieder abarbeiten.

Nachdem wir uns im Hotel ein Stündchen schlafen gelegt hatten, stylten wir uns für den Abend. Wir wollten doch endlich einmal unseren Marktwert erkunden und flirten. Schließlich war Urlaub. Die Pflicht würde in einigen Tagen wieder rufen und uns kaum Freizeit und sonstige Späße erlauben.

Der Spiegel in meinem Zimmer war dermaßen matt und fleckig, dass mir jede Pfütze ein klareres Bild entgegen geworfen hätte. So ging ich zum Schminken in Annes Zimmer. Sie hatte das Fenster weit geöffnet.
Plötzlich schrie sie laut auf und sprang auf das Bett. „Igitt, eine Maus. Conny, eine Maus!!!!"

Sie schrie und zitterte und ich brauchte eine Weile, um zu begreifen, was eigentlich los war. Mäuse kannte ich zur Genüge vom Haus meiner Großeltern, die nebenher eine kleine Landstelle bewirtschafteten. Mit einer Kuh, zwei Schweinen, Hühnern und Gänsen war es eine unbeschwerte Kindheit gewesen, die ich dort verbrachte, denn meine Eltern waren sehr früh verstorben. Mäuse gab es genug auf dem Heuboden und in den Stallungen. Sie gehörten einfach zum Leben auf dem Lande dazu.

Ich hatte als Kind eine große Fertigkeit entwickelt, in der Stube oder in der Küche meiner Großmama die Mäuse zu fangen, da sie Angst vor diesen possierlichen Tieren hatte. Meist gelang es mir mit einem kleinen Eimer oder sogar der Hand. Für mich bedeutete also eine Maus überhaupt kein Problem und die quietschend schreiende Anne diente eher meiner Belustigung.

Nach einer Weile hatte ich Mitleid mit der Maus, die in Panik hin und her rannte und überhaupt nicht wusste, wohin sie entfliehen konnte. Bereits nach kurzer Zeit gelang es mir, sie auf den großen Balkon zu treiben und somit in die Freiheit zu entlassen.

Anne sprang vom Bett und stieß, immer noch mit angstvoll aufgerissenen Augen, die Balkontür mit lautem Knall zu. „Ich will hier nicht länger bleiben!", klagte sie.

„Anne, beruhige dich. Die Maus ist weg. Lass dein Fenster auf Kipp und ruf mich einfach, wenn das große Monster wieder reinkommt", versuchte ich sie zu beruhigen.

In Annes Augen standen Tränen. So nahm ich meine Freundin in die Arme, um sie zu trösten. Ich wusste nur zu gut, wie sie litt. Ich hatte zwar keine Angst vor Mäusen, aber ich war genau so hilflos wie meine Freundin, wenn ich nur eine klitzekleine Spinne an der Wand sah.

Wir beschlossen, uns in solchen Situationen gegenseitig zu helfen. Anne fungierte in

Zukunft als Spinnenfängerin und ich als Mäusevertreiberin. Na, wenn das keine Freundschaft ist! Wir konnten schon wieder lachen.

Als wir dann später beim Kurparkhotel ankamen, hatten wir Pech. Am diesem Abend gab es leider keine Tanzveranstaltung. Wir mussten unser Vorhaben auf Samstag verschieben. Was sollten wir machen?

Uns kam eine fröhliche Truppe entgegen und wir bekamen aus den Gesprächsfetzen mit, dass unweit von hier ein Tanzlokal sei. Wir ließen die Pärchen vorüber ziehen und schlenderten unbeachtet hinterdrein. Auf der anderen Seite der Unterführung bogen wir links ab und sahen auch schon das Gebäude. Eine kleine Treppe führte in einen Vorraum mit Billardtisch. Im Raum dahinter schien es recht schummerig zu sein.

Anne und ich überlegten nur kurz, dann gingen wir weiter und kamen an einem langen Tresen vorbei. Viele Männer standen dort herum und tranken Bier. Kaum einer von ihnen machte uns Platz. Also schob ich mich energisch durch diese rücksichtslosen Gäste und Anne heftete sich eng an meine Fersen. Endlich entdeckten wir zur linken Seite eine kleine Tanzfläche. Auf einer Bühne dahinter saß ein smarter DJ, der bereits fleißig auflegte und Stimmung machte. Ein Disco-Fox reihte sich an den anderen. Wir fanden einen Tisch, weit entfernt von der Tanzfläche, aber mit gutem Überblick.

Kaum, dass wir saßen, hatte Anne bereits den ersten Verehrer. Sie erhob sich freudig, scherzte und lachte mit ihrem Tänzer, der ziemlich schnell auf Tuchfühlung ging. Anne gab ihr Bestes, um ihn auf Abstand zu halten. Nach einer Tanzserie kam sie endlich schnaufend und kopfschüttelnd zurück an unseren Tisch.

Kaum hatten wir uns einen Weißwein bestellt, fing der DJ erneut an, zum Tanzen zu animieren. Annes Verehrer kam direkt auf mich zu und bat galant um einen Tanz. Er machte einen gepflegten und dennoch unsympathischen Eindruck. Bereits nach den ersten Drehungen schaute er auf meine rechte Hand.

„Oh, wie schön, Sie sind noch unverheiratet", meinte er beiläufig.

„Nein", log ich. „Ich bin in festen Händen. Meinen Sie, weil ich keinen Ring trage, wäre ich noch zu haben?"

„Ach, ich weiß, dass Sie nicht die Wahrheit sagen. Sie wären ja sonst nicht alleine hier mit Ihrer Freundin", behauptete der Unbekannte und zog mich unvermutet sehr nah an sich heran. „Nun zieren Sie sich doch nicht so."

Ich fand diese Situation äußerst unangenehm, wollte jedoch keine große Szene daraus machen. Seine Hand glitt meinen Rücken hinunter, doch das war mir zu intim. Abrupt blieb ich stehen und drohte, ihm eine Ohrfeige zu verpassen, wenn er nicht sofort seine Hände wegnähme. Er grinste nur und zog mich noch näher an sich heran. Allerdings legte er seine Hand etwas höher in meine Taille.

Unbehaglich nahm ich mir vor, die Tanzserie nicht bis zum Schluss auszuhalten und löste mich aus seinem festen Griff. Dieser unverschämte Kerl besaß jedoch die Frechheit, mir eine Karte in die Hand zu drücken mit folgenden Worten:

„Ich heiße Rolf und habe einen sehr guten Ruf. Näheres finden Sie auf der Karte. Wenn Sie einmal Lust darauf haben, sich verwöhnen zu lassen, dann rufen Sie mich an. Ich erfülle Ihnen jeden Wunsch. Ein schöner Abend kostet Sie lediglich einhundert

Mark. Sie werden mich danach nie wieder vergessen."
Ich würdigte ihn keines Blickes mehr, drehte mich ab und verließ die Tanzfläche.

Anne lachte mich an, als ich mit zornigen Blicken unseren Tisch erreichte. Genau das Gleiche hatte dieser Widerling auch zu meiner Freundin gesagt. Ich fand das ungeheuerlich. Solch ein Benehmen war mir fremd. Wo waren wir hier eigentlich?

Die Lust am Tanzen war verflogen. So blieben wir noch eine Weile am Tisch sitzen, beobachteten das Geschehen und gönnten uns ein weiteres Glas Wein. Der Abend gestaltete sich als recht amüsant. Die Kurgäste vertrieben sich die Zeit mit Flirten, Knutschereien und Fingerspielen. Für uns war das alles recht ungewöhnlich und zum Teil abstoßend. Wir hofften inbrünstig, am Samstag im Kurparkhotel andere und bessere Erfahrungen zu machen. Unser Bedarf an Männern und Tanzen war für diesen Tag jedenfalls gedeckt.

An den nächsten beiden Tagen hatten wir uns nichts Besonderes vorgenommen. Auch wollten wir uns nicht durch zu viel Nähe gegenseitig auf die Nerven gehen. Wir stöberten getrennt voneinander in den kleinen Boutiquen und Schmuckgeschäften nach ausgefallenen kunstvollen Kleinigkeiten und trafen uns lediglich zu den Mahlzeiten und nachmittags entweder zu Eis oder Kaffee an zuvor vereinbarten Plätzen.

In vollen Zügen genoss ich die Atmosphäre der verwinkelten Gassen, vertiefte mich auf einer Bank im Park in meinen mitgebrachten Roman und inhalierte später am Gradierwerk die salzig würzige Luft, während Anne ihre Stunden im nahe gelegenen Solebad verbrachte. Sie war durch und durch eine Wasserratte.

Dann endlich kam der Samstag. Wir waren ganz aufgeregt, als wir uns für den Tanz im Kurparkhotel ankleideten. Anne sah in ihrem eng anliegenden schwarzen Cocktailkleid hinreißend, aber auch zerbrechlich aus. Sie hatte lediglich etwas Rouge und Puder aufgelegt. Ihre langen dunklen Wimpern benötigten keine Schminke und ihre zarten Lippen waren von Natur aus herrlich dunkelrosa.

Ich hatte mich für ein langes smaragdgrünes Kleid entschieden und trug dazu eine silberne Kette. Meine sonst sorgfältig hochgesteckten Haare fielen üppig über meine Schultern. Ich fühlte mich einfach grandios, beinahe wie eine Königin.

Wir betraten das Hotel. Unser Weg führte an der Rezeption vorbei durch einen schmalen Gang in den großen Saal, welcher sich über drei Ebenen erstreckte. Die Tanzfläche im unteren Bereich grenzte an eine Fensterfront. Sie war verhältnismäßig klein für die hohe Anzahl an Gästen, die sich dort eingefunden hatten, allerdings konnte man durch Schiebetüren bei schönem Wetter nach draußen auf die Terrasse tanzen. Eine fünfköpfige Band spielte angestaubte Musik. Die meisten der Paare, die wohl ausnahmslos Kurgäste und Urlauber waren, fühlten sich bereits wohl und bewegten sich im Rhythmus eines leichten Tangos, als gäbe es nichts Schöneres auf der Welt.

Alle Plätze seitlich der Tanzfläche waren bereits besetzt. Unschlüssig standen wir im Eingangsbereich, bis uns schließlich ein Ober an einen kleinen abseits gelegenen Tisch führte. Direkt hinter diesem Tisch führte eine kleine Treppe zu einer Empore, auf der weitere Tische standen.
Glücklich waren wir mit unserer Platzzuweisung nicht, denn die Treppe im Rücken war gefühlsmäßig äußerst unangenehm. Aber wir waren nicht gewillt, wieder zu gehen, denn schließlich wollten wir unbedingt tanzen. Kaum hatten wir unseren Wein ausgewählt und bestellt, als auch schon der erste Tänzer zu uns kam und Anne höflich um einen Tanz bat. Größenmäßig passten beide hervorragend zusammen und sie schienen sich auch gut miteinander zu verstehen.

Plötzlich beschlich mich ein ganz eigenartiges Gefühl. Ich blickte vorsichtig nach rechts und da kam *Er.* Gekleidet mit einer weißen Jeansjacke und weißer Hose kam er lächelnd und leicht gebückt auf mich zu. Ich merkte, wie ich in Panik geriet.

„Lieber Gott, bitte nicht…", kam mein Stoßgebet. Aber da stand dieser gut aussehende attraktive Mann auch schon neben mir und bat um den Tanz. Seine Stimme hatte einen warmen weichen Klang und sein ganzes Auftreten war elegant und harmonisch.

Freundlich lächelnd stimmte ich zu und erhob mich. Was für ein Tanz! Es schien, als würden wir uns seit ewigen Zeiten kennen. Wir waren eins, gefangen im Rhythmus einer zärtlichen Melodie. Seine Hand lag sanft und ohne Druck in meinem Rücken. Ich fühlte mich sehr geborgen und gleichzeitig spürte ich einen Hauch Erotik und Nähe bei dieser Berührung. Ich wagte es, ihn genauer anzusehen.

Mein Tänzer hatte ein sehr sanftes, wenn auch leicht faltiges Gesicht. Die Falten zeigten ein sorgenvolles oder vielleicht auch anstrengendes Leben. Er schien von einer inneren Einsamkeit erfüllt. Wir bewegten uns in vollendeter Harmonie und Gleichklang. Es war einer dieser Tänze, die man sein ganzes Leben lang nicht mehr vergisst.
Wir wechselten nur wenige Worte. Die Musik war dermaßen laut, dass eine richtige Unterhaltung nicht möglich war. Wir verstanden uns auch ohne Worte. Mein

Tänzer stellte sich kurz vor, nachdem der erste Tanz beendet war.

„Joachim Lenz, Hochschulprofessor für Physik an der Uni in…", weiter kam er aber nicht.

Die Musik setzte ein und zärtlich aneinander geschmiegt tanzten wir einen langsamen Walzer. Dieser Tanz durfte einfach nicht enden. Ich konnte es nicht fassen, ich hatte mein Herz schon nach wenigen Schritten total verloren. Als die Musik endete, führte mein Traumtänzer mich galant in die kleine Sektbar. Ich wollte Anne ein Zeichen geben, konnte sie aber im Gedränge nirgends entdecken.
Mein Gegenüber strahlte mich mit blauen Augen an. Sanft strich er eine Haarsträhne von meiner Stirn. Verunsichert errötete ich, hatte mich jedoch schnell wieder unter Kontrolle und nutzte die Möglichkeit, mich ebenfalls kurz vorzustellen.

Der Klang seiner Stimme, sein Lächeln, seine intensiv blauen Augen brachten mich völlig durcheinander. Alles Gesagte rauschte an mir vorüber und ich fühlte mich wie in einem langen Traum. Als die Musik leise erklang, gingen wir erneut zur Tanzfläche. Der sanfte Druck seiner Hand in meinem Rücken, unsere übereinstimmenden Bewegungen ließen

meine letzte Distanz zerbrechen. Ich gab mich diesem Moment mit allen Sinnen hin.
Auch Joachim schien verzaubert. Wange an Wange tanzten wir unseren Traum.

Kurz nach 22.00 Uhr packte mich plötzlich die Furcht vor dem Heimweg und der Dunkelheit. Wir hatten schließlich einen weiten Fußweg zum Hotel zurückzulegen und meine Freundin und ich waren beide in unserer Jugend im Dunkeln von Unholden überfallen worden.
Es packte mich ein eisiges Grausen und ich bat Anne, mit mir den Weg nach Hause anzutreten und sich von ihrem Tanzpartner zu verabschieden. Schließlich würden die Kurgäste um 22.30 Uhr zurück in ihren Kliniken sein müssen und dann wären die Straßen wieder wie leergefegt.
Nur widerwillig erklärte sich Anne bereit mitzukommen.

Joachim war sichtlich enttäuscht, dass wir schon gehen wollten und bot uns seine Begleitung an. Mit einem mir noch Fremden wollte ich eigentlich nicht im Finsteren laufen. Wieder überkam mich die Angst. Der feste Griff meines Kollegen, der mir damals in der Dunkelheit auflauerte, meine Panik, die Tritte und Hiebe, mit denen ich mich erfolgreich zur Wehr setzte und meine Flucht, all das kam mir in den Sinn. Ich wollte lieber mit Anne alleine zum Hotel zurückgehen, aber die war ganz anderer Meinung als ich.

„Also, ich finde es sehr nett und fürsorglich von Herrn Lenz", meinte Anne. „Sieh mal, er scheint dich wirklich zu mögen und er sieht doch auch ganz harmlos aus. Ich denke, in seiner Gesellschaft brauchen wir uns nicht zu fürchten. Außerdem sind wir zu zweit, ich bin schließlich auch noch da."

Mich beruhigte das zwar nicht sonderlich, aber ich war einverstanden. So gingen wir zu dritt Richtung Hotel. Joachims Gegenwart verunsicherte mich, doch als wir vor dem Hoteleingang standen, hatte ich noch überhaupt keine Lust, mich von ihm zu verabschieden.

„Ihr könnt ja noch eine Runde um die Häuser ziehen", schlug Anne vor. „Ich bin hundemüde und möchte ins Bett."

Nach kurzem Zögern hakte ich mich bei Joachim unter und wir gingen los. Überall war es nächtlich still und mir kamen die Gassen einsam und unheimlich vor. Wir verließen den Kurteil und kamen in eine Gegend, die ich noch nicht kannte. Plötzlich und unerwartet überfiel mich eine schreckliche

Angst. Was wäre, wenn dieser sympathische Mann ein Unhold wäre, so wie damals mein Kollege. Würde man mich am nächsten Tag mit einem Messer im Rücken irgendwo finden. Niemand außer mir kannte seinen Namen, seine Adresse und die, die er mir genannt hatte, musste noch nicht einmal stimmen.

Alles in mir geriet in Aufruhr. Mir wurde mein bodenloser Leichtsinn bewusst. Mein Begleiter schien das zu merken. Er machte lockere leichte Bemerkungen, die mich noch mehr verunsicherten. Joachim hatte seinen Arm sanft aber bestimmend um mich gelegt.

„Ich habe das Gefühl, dass du irgendetwas von mir erwartest", sagte er fragend zu mir. „Du bist die ganze Zeit ziemlich verspannt. Hast Du Angst vor mir?"

Während ich erzählte, was mir damals angetan wurde und welche Angst ich von da an in der Dunkelheit hatte, schaute ich ihm fest in die Augen. Wir waren stehen geblieben und ich hatte Mühe, die aufsteigenden Tränen zurück zu halten.
Joachim nahm mich wortlos in die Arme und streichelte zärtlich über meinen Rücken.

„Ach, so ist das", murmelte er leise. „Du hast von mir nichts zu befürchten. Ich passe sogar sehr gut auf dich auf." Behutsam zog er mich etwas näher an sich heran. So standen wir eine Weile eng aneinander geschmiegt, bis meine Angst und Unruhe verschwunden waren.

Schweigend gingen wir zurück zum Hotel. Wir verabredeten uns für den kommenden Nachmittag zum Tanztee, schließlich war es für Anne und mich der letzte Urlaubstag. Mein Herz zitterte leicht, als wir uns schließlich verabschiedeten. Eine letzte Umarmung, ein leichter Kuss auf die Wange, dann schloss sich die Hoteltür hinter mir.

Aufgekratzt erreichte ich mein Zimmer, um mich für die Nacht fertig zu machen, doch ich fühlte mich viel zu aufgewühlt, um schlafen zu können. Leise öffnete ich die Balkontür und trat hinaus in die kühle Abendluft.

Joachim stand unten auf der Straße und rief leise etwas zu mir hinauf. Ich fühlte mich wie Rapunzel, die ihr Haar herab lassen sollte. Meine Güte, was war ich durcheinander und aufgeregt. Hätte ich Joachim schon längere Zeit gekannt, ich hätte ihn ohne zu zögern mit in mein Zimmer genommen. Aber was dachte sich dieser Mann eigentlich. Glaubte er vielleicht, ich sei eine Frau für eine Nacht?

Zum Glück lag mein Zimmer im ersten Stock. Die Eingangstür des Hotels war nur mit Sicherheitsschlüssel zu öffnen und so drohte mir hier oben keinerlei Gefahr. Und so schaute ich in meinem dünnen weißen Nachtkleid vom Balkon zu ihm hinunter und er sah zu mir herauf, als würde er noch etwas erwarten. Mein Blut geriet immer mehr in Wallung, aber ich blieb standhaft.

Ich machte ihm ein Zeichen, dass er gehen möge und er schien mich zu verstehen. Ich blieb noch eine Weile auf dem Balkon stehen, bis ich anfing zu frösteln. So wie ich mich fühlte, voller Leidenschaft und Unruhe, konnte ich bestimmt noch nicht einschlafen. Es mochten wohl gerade zwei bis drei Minuten vergangen sein, da erschien Joachim schon wieder auf der Bildfläche. Beinahe hatte ich es mir gewünscht.

Er wollte den Schlüssel! Oh, was für ein Filou! Wie gerne hätte ich mich einem Liebesrausch hingegeben, aber mein Verstand war mir im Wege und ich bekam meine Gefühle wieder unter Kontrolle. Ich schaffte es, *nein* zu sagen. Wir flüsterten noch eine Weile miteinander, dann bat ich ihn entschlossen zu gehen. Als er immer noch wartend stehen blieb, drehte ich mich um, ging in mein Zimmer und schloss leise die Balkontür.

In dieser Nacht schlief ich nur wenig und sehr unruhig. Als ich nach wenigen Stunden aufwachte, erinnerte ich mich an einen schrecklichen Albtraum: Ich sah einen Mann, der wie Joachim aussah. Ich lag auf dem Boden eines dunklen Laubwaldes und er stand gebeugt über mir. Er hatte mich erstochen.

Obwohl mir langsam klar wurde, dass es sich lediglich um einen Traum gehandelt hatte, spürte ich nur noch Schrecken und Grausen. Mir war kalt vor Entsetzen.

Als Anne und ich uns am Morgen beim Frühstück trafen, wollte sie sofort von mir wissen, wie der Nachtspaziergang verlaufen war. Sie war sichtlich enttäuscht, dass ich so wortkarg war, aber ich versprach für den nächsten Tag genauere Auskunft. Schließlich ging es dann wieder zurück in die Heimat und wir hätten genügend Zeit im ICE, miteinander zu reden.

Anne hatte keine Lust, zum Tanztee mitzukommen. Sie wollte den ganzen Tag im Solebewegungsbad verbringen. So ließen wir offen, ob wir gemeinsam zu Abend essen würden. Schließlich verfügten wir beide über ein Handy und konnten uns jederzeit verständigen.

Am Vormittag ging ich zum Gottesdienst in die Marienkirche. Bei der sommerlichen Hitze war die Kühle der dicken Kirchenmauern eine wahre Wohltat.
Die Kirche war erstaunlicherweise gut besucht. Der Pfarrer hielt eine zeitgemäße interessante Predigt und regte mit seinen Bemerkungen zum Nachdenken an. Wundervolle Orgelklänge begleiteten unseren Gesang und die farbenfrohen Kirchenfenster wurden von der Sonne durchleuchtet. Die Zeit verlief viel zu schnell. Grelles Sonnenlicht blendete meine Augen, als ich aus der Kühle der Kirche nach draußen trat.
Ich hatte es überhaupt nicht eilig und schlenderte ein letztes Mal durch die malerischen Gassen, setzte mich hier und da auf eine bereitstehende Bank und genoss die beschwingte Atmosphäre, die dieser Ort ausstrahlte.

Mittags aß ich eine Kleinigkeit in der Pizzeria und bedauerte, dass ich es nicht geschafft hatte, mit Anne einen Döner zu essen. Schließlich ging ich langsam zum Hotel zurück, um mich für den Tanztee anzukleiden und den Koffer zu packen.

Pünktlich um 15 Uhr trafen Joachim und ich uns vor dem Kurparkhotel. Ich freute mich sehr, als er mir Komplimente machte. Wir bestellten uns Kaffee und Kuchen und Joachim erzählte mir aus seinem Leben.

„Ich möchte, dass du weißt, dass ich noch verheiratet bin, liebe Konstanze. Meine Frau Carola und ich leben in Scheidung. Wegen der drei Kinder wohnen wir noch zusammen, suchen allerdings Wege, wie wir in Zukunft leben wollen. Die Kinder sollen unter unserer Trennung nicht leiden. Wir haben zwei große Mietshäuser. Von diesen Einnahmen wird sie gut leben können und für die Kinder zahle ich sowieso den Unterhalt."

Joachim legte seine Stirn in tiefe Falten und sah mich durchdringend an. „Ich habe alles genau durchgerechnet. Ich kann mir von meinem Gehalt genügend leisten und endlich ein neues Leben beginnen. Konstanze, ich habe nicht geglaubt, dass mir so etwas passieren könnte. Aber ich habe mich vom ersten Augenblick an in dich verliebt. Ich möchte dich trotz der großen räumlichen Entfernung gerne näher kennen lernen und bitte dich schon jetzt um ein baldiges

Wiedersehen. Was hältst du davon? Habe ich eine Chance – oder passe ich nicht in dein Leben?"

Entgeistert schaute ich ihn an. Alles ging so überaus schnell. Ich brauchte einige Sekunden, um mich zu sammeln. Er konnte das alles doch nicht wirklich ernst meinen. Wir kannten uns doch kaum.

„Lass es uns langsam angehen, Joachim", bat ich. „Mein Job ist sehr arbeitsintensiv, ich bin schließlich die rechte Hand vom Chef. Meine finanzielle Situation erlaubt mir sicherlich, an einigen Wochenenden nach Bad Sooden-Allendorf zu reisen. Durch die vielen Überstunden benötige ich allerdings auch Ruhe an den Wochenenden. Ich bin der Meinung, wir lernen uns per Brief und Telefon näher kennen und treffen uns in ungefähr drei Monaten wieder. Es muss hier sehr schön sein im Spätsommer oder Herbst. Ich kann mir gut vorstellen, wie die bewaldeten Hügel im Sonnenlicht golden leuchten. Auch wird es von den Temperaturen her sehr angenehm sein."

„Ich bin einverstanden", bestätigte Joachim meine kühlen Überlegungen. Er notierte auf der Serviette die Anschrift der Universität und seine Telefonnummer. Er gab vor, seine

Noch-Ehefrau nicht zusätzlich mit seinen Plänen belasten zu wollen. Die Trennung von ihr sollte liebevoll über die Bühne gehen. Schließlich war es schon schlimm genug, dass sie sich auseinander gelebt hatten.

Ich hatte volles Verständnis für Joachims Situation und mir war egal, welche Adresse bzw. Telefonnummer ich benutzen sollte. Hauptsache, wir blieben in Verbindung und ich konnte ihn erreichen.

„Was für ein rücksichtsvoller Mann!", schwärmte ich innerlich von ihm. Ich schwebte wie auf Wolken. Bis Joachim geschieden war blieb uns genügend Zeit, uns näher kennen zu lernen...

Wir tanzten den ganzen Nachmittag beinahe ohne Unterbrechung dicht aneinander geschmiegt und voller Zärtlichkeit. War das alles ein Traum oder doch die Wirklichkeit?
Selbst wenn die Tanzpausen einsetzten und wir uns für Momente trennten, spürte ich die Hand weiterhin warm in meinem Rücken liegen.

Eine tiefe Sehnsucht machte sich in mir breit nach Zärtlichkeit und Hingabe. Doch unerbittlich kam für uns die Stunde des Abschieds. Joachim brachte mich bis vor die

Tür unseres Hotels. Tränen standen in seinen Augen und mein Herz wog Zentner schwer. Unsere Lippen fanden sich zu einem letzten zarten Kuss und wir versprachen uns, so bald wie möglich miteinander zu telefonieren. Dann drehte ich mich um und ging hinein, ohne mich noch einmal umzuschauen.

Auch Anne war in gedrückter Stimmung, als wir uns abends vor dem Schlafengehen bei einem Glas Wein zusammensetzten. Sie berichtete mir von ihrem Versuch, sich mit ihrem Jugendfreund Klaus zu treffen, der in Soest ein Geschäft für Kunstgewerbe besaß. Leider war dieses Vorhaben gescheitert und Anne war zutiefst traurig.

Klaus war ihre heimliche Liebe, aber beide hatten nicht den Mut für ein Leben zu Zweit. Dabei hätten sie mit ihrer Kreativität sehr gut zusammengepasst.
Ich wusste, wie Anne unter diesem Zustand litt, wusste aber keinen Rat. Ihre Stimme war sehr dünn und leise und sie tat mir unendlich leid. Anne freute sich auf die Geborgenheit und auf ihre Arbeit zu Hause. Sie hatte auf dem kleinen Flohmarkt vor dem Mineralienzentrum Stoffe gekauft, aus denen sie sich ein Kostüm und andere schöne Dinge nähen wollte. Auch alte Knöpfe und Spitzenborte hatte sie erstanden. Ihre Augen

glänzten vor Freude, als sie mir diese Schätze zeigte.

Dann erzählte ich Anne von meinem Treffen und dem Tanz mit Joachim und dass er sich in mich verliebt hätte. Anne schaute mich interessiert an.

„Und, was ist mit dir? Hast du dich auch verliebt, Conny?", wollte sie von mir wissen.

„Ja, ich habe mich auch verliebt. Ich glaube die ganze Zeit, dass ich träume. Noch nie war ich so glücklich. Ich kann kaum erwarten, ihn wiederzusehen. Aber das wird noch Wochen dauern. Wie gut, dass ich so viel zu arbeiten habe. Wird wohl allerhand im Büro liegen geblieben sein. Schließlich hat der Chef für mich keine Vertretung", sinnierte ich.

Am nächsten Morgen traten wir die Rückreise an. Wir sprachen nur wenig miteinander und hingen unseren eigenen Gedanken nach.
Ich träumte von Joachim.

Die Rückreise verlief mit Hindernissen. In Göttingen gab es Verzögerungen von über einer Stunde durch einen Stellwerkschaden.
Der Bahnsteig war überfüllt mit wartenden Passagieren. Durchsagen mit Informationen für die Weiterfahrt kamen nur spärlich durch

die Lautsprecher. Nach langer Wartezeit saßen wir endlich im Durchgang eines überfüllten Großraumabteils mit vielen anderen Fahrgästen auf dem Fußboden und wurden kräftig durchgerüttelt. Es war keine angenehme Fahrt und wir waren froh, als wir nach Stunden endlich den Hamburger Hauptbahnhof erreichten. Natürlich hatten wir Ärger mit den Anschlusszügen. Die waren allesamt pünktlich abgefahren.

So kamen wir erst sehr spät am Abend in unserem Heimatbahnhof an. Mit einem Taxi bewältigten wir den Rest der Strecke. Es fiel uns schwer auseinander zu gehen, denn wir würden uns eine lange Woche nicht mehr sehen.

Am Montagmorgen ging ich recht unmotiviert zur Arbeit. Mein Chef Karl Carstensen wartete schon ungeduldig auf mich. Nachdem er mir gleich nach der Ankunft wichtige Verträge und mehrere Briefe diktiert hatte, folgte eine Hiobsbotschaft.

„Liebe Konstanze", begann er. „Ich möchte Ihnen noch etwas Wichtiges mitteilen."

Er zögerte und diese kleine Pause verhieß nichts Gutes. Mich durchfuhr ein eiskalter Schrecken. Kam etwa meine Kündigung?

„Liebe Konstanze!" Wieder folgte eine Pause. „Ich habe mich entschlossen, meine Firma an meinen Sohn abzutreten."

Mir stockte der Atem. Ich hatte bislang nicht gewusst, dass Herr Carstensen einen Sohn hatte. Seine Ehe war kinderlos geblieben, hatte ich gehört. Erstaunt sah ich ihn an, wagte aber nicht nachzufragen.

„Mein Sohn hat in der Schweiz eine hervorragende Ausbildung absolviert und arbeitet seit Jahren in Frankfurt in gehobener Position bei unserem größten Mitbewerber.
Es ist Zeit, dass ich mich zur Ruhe setze. Bislang habe ich nahezu kein Privatleben gehabt. Meine Frau wünscht sich schon lange, dass wir mehr reisen, um noch etwas von der Welt zu sehen. Die Zeit ist reif, meinem Sohn die Verantwortung zu übertragen. Er ist im gleichen Alter wie Sie, liebe Konstanze, und ich bitte Sie herzlich, meinen Sohn genau so zu unterstützen, wie Sie es mit mir getan haben."
„Aber Herr Carstensen", stotterte ich nur hilflos.

„Keine Angst. Ich bleibe Ihnen noch ein paar Monate erhalten. Mein Sohn wird sorgfältig eingearbeitet. Er wird hier alle Abteilungen durchlaufen und ich bitte Sie um Ihre Unterstützung."

Das war eine schlechte Nachricht am frühen Morgen. Wie betäubt ging ich an meine Arbeit, die mir an diesem ersten Arbeitstag überhaupt nicht von der Hand gehen wollte. Da viele Briefe und Verträge noch an diesem Tag zur Post gehen sollten, machte ich Überstunden. Herr Carstensen brachte mich freundlicherweise zum Bahnhof, damit ich den letzten Zug nach Hause erreichte.

Am nächsten Morgen rief Joachim an. Ich hatte gerade gefrühstückt und wollte mich auf den Weg zur Arbeit machen. Nachdem er mich nach meiner Rückreise und meinem ersten Arbeitstag befragt hatte, kam er sogleich zur Sache.

„Konstanze, ich habe große Sehnsucht nach dir!", begann er ohne Umschweife. „Ich muss am Wochenende in zwei Wochen ein Seminar an der Volkshochschule in Hofgeismar leiten. Können wir uns dort treffen? Für dich gäbe es im Nebentrakt ein interessantes Seminar über das Burnout-Syndrom. Ich zahle dir dieses selbstverständlich. Bitte überlege dir, ob du kommen kannst. Wir hätten ein wundervolles Wochenende mit genügend Freizeit. Ich könnte dich in Kassel vom

Bahnhof abholen und wir würden dann gemeinsam zur Bildungsstätte fahren." Joachim war aufgeregt und ungeduldig.

„Hallo erst einmal", lachte ich. „Das geht alles sehr schnell. Ich schau mal, was ich machen kann. Bitte lass uns auflegen, ich erreiche sonst meinen Zug nicht. Ich melde mich heute nach Feierabend bei dir."

„Das geht nicht, Konstanze. Ich habe bereits um 14.30 Uhr Feierabend. Danach versuche ich noch einmal, dich telefonisch zu erreichen."

Ich wusste nicht so recht, was ich von diesem Vorschlag halten sollte. Aber ich fand leider tagsüber keine Zeit, länger über Joachims Vorschlag nachzudenken. Herr Carstensen benötigte bei Verhandlungen meine Unterstützung, zuvor musste ich einige Besorgungen machen, schließlich sollten sich unsere Gesprächsteilnehmer wohlfühlen. Ich bereitete den Konferenzraum vor und stellte Getränke und Gebäck bereit.
Schriftstücke mussten kopiert und allerhand Kleinkram erledigt werden. Das waren Arbeiten, für die sonst eine Kollegin zuständig war. Diese allerdings war für drei Wochen in wohlverdienten Jahresurlaub gegangen.

Joachims Anruf erreichte mich kurz vor der wichtigen Besprechung. Ohne weiter zu überlegen, sagte ich unserem Treffen zu. Ob ich jemals ein Burnout-Seminar benötigen würde, wusste ich nicht. Aber gut. Dann eben Hofgeismar in zwei Wochen!

Wie erwartet vergingen die Tage im Fluge.

August 1993

Am Samstagmorgen in aller Frühe machte ich mich mit leichtem Gepäck auf die umständliche Bahnfahrt Richtung Kassel. Diesmal verlief meine Reise ohne Komplikationen, jedoch lief mein Zug ohne Vorankündigung auf einem anderen Gleis ein. So wartete Joachim ungeduldig und unschlüssig am verkehrten Bahnsteig auf mich Er wollte gerade den Bahnhof verlassen, als ich ihn endlich entdeckte.

„Joachim!" Mein Ruf hallte ihm hinterher. Er fuhr herum und sein Gesicht erhellte sich. Strahlend kam er auf mich zu und küsste mich. Fest drückte er mich an sich.

„Halt, nicht so stürmisch", meinte ich belustigt. „Ich laufe dir nicht weg. Bis morgen kannst du über mich verfügen."

„Ach, kann ich wirklich?" Er zog die Augenbrauen hoch. „Ich nehme dich beim Wort, Konstanze."

Wir fuhren durch karge hügelige Landschaft. Die Fahrt verlief sehr einsilbig. Beide waren wir aufgeregt. Nachdem wir unsere Zimmerschlüssel erhalten hatten, brachten wir zuerst Joachims Koffer auf sein Zimmer. Dann begleitete er mich durch den verwinkelten unübersichtlichen Bau zu meinem Schlafraum. Kaum waren wir dort angekommen, fielen wir wie ausgehungert übereinander her.
Kein Wort, kein Nachdenken, einfach nur ungebremste Leidenschaft. Wir hatten anschließend keine Zeit mehr, entspannend auszuruhen. Das Abendessen war um eine Stunde vorgezogen worden und wir mussten uns beeilen, um pünktlich in den Seminarräumen einzutreffen. Von wegen, genügend Freizeit! Mir war absolut nicht zum Lachen zumute.

Der Unterrichtsstoff rauschte an mir vorbei. Die Gruppenteilnehmer waren sehr nett, flexibel und interessiert, aber ich konnte mit diesem Thema nicht viel anfangen. Wir sollten uns auf Phantasiereisen begeben, malen etc. Endlich hatte ich die

Seminarstunden überstanden, doch danach war bereits Zeit zum Schlafengehen.

Um 7.30 Uhr sollte bereits das Frühstück in einem im Park gelegenen Pavillon stattfinden, danach mussten wir sofort in die Unterrichtsräume. Ich bekam ausführliche Informationen über NLP und machte weitere Phantasiereisen, bis endlich Zeit war zum Mittagessen. Für mich sollte der Unterricht noch zwei Stunden länger dauern, Joachim jedoch hatte sein Seminar beendet. Wir beschlossen, auf das Essen zu verzichten, da ich bereits um 16 Uhr am Bahnhof in Kassel sein musste.

Stattdessen gingen wir in mein Zimmer und liebten uns zärtlich und hingebungsvoll. Es war wie beim Tanzen, wir verstanden uns ohne Worte. Dann lag ich erschöpft in seinen Armen und wäre am liebsten für immer dort geblieben. Aber ich musste wieder nach Hause. Leider.

Wir trennten uns in Kassel wehmütig und sehnsuchtsvoll. Ich sah Joachim wie verloren am Bahnsteig stehen und mein Herz war schwer. Zäh liefen die nächsten Arbeitstage dahin.

Der Sommer verging. Wir telefonierten mehrmals am Tag miteinander. Ich bedauerte, dass ich Joachim lediglich in seinem Büro erreichen konnte. Aber meist befand er sich in einem Seminar und ich war darauf angewiesen, dass er sich bei mir meldete. Ich schrieb ihm einige Briefe und bekam auch postwendend Antwort. Wie viel schöner wäre es gewesen, hätten wir abends vor dem Schlafengehen miteinander telefonieren können oder morgens, nach dem Aufwachen. Aber ich musste geduldig bleiben. Die Trennung von der Familie dauerte viel länger, als ich angenommen hatte. Für Anfang September buchten wir für zehn Tage im Stadtteil Sooden eine Ferienwohnung. Mein Chef schaute mich verwundert an, als ich ihn erneut um Urlaub ersuchte.

„Ist etwas nicht in Ordnung, liebe Konstanze?", fragte er besorgt.
Ich freute mich über seine Anteilnahme, versicherte aber, dass er sich keine Gedanken machen müsse und ich, bevor sein Sohn käme, gerne ein paar Tage unbeschwert entspannen wollte. Danach würde eine Menge Mehrarbeit auf mir lasten.

Natürlich war Herr Carstensen bereit, den Urlaub zu gewähren. Ihm war wichtig, dass es mir gut ging. Das sagte er mir oft genug. Auch wusste er, wie viel mir meine Arbeit bedeutete. Wir waren eben ein gutes Team.

Als ich dann am letzten Arbeitstag das Firmengebäude verließ, schaute ich auf unsere Mitarbeitertafel im Foyer. Vor einem Jahr kam Herr Carstensen auf die Idee, alle Mitarbeiterinnen und Mitarbeiter unseres Betriebes per Porträtfoto zu einer Collage zusammenfügen zu lassen. Besucher konnten sich somit von vornherein ein Bild ihrer Gesprächspartner machen.

Das Foto von Herrn Carstensen prangte groß in der Mitte, daneben war zur rechten Seite wesentlich kleiner mein Abbild gedruckt. Um uns herum die einzelnen Abteilungsleiter mit ihren Sekretärinnen. Es war schon ein eindrucksvolles Bild. Nachträglich waren auf dieser Collage bereits einige neue Gesichter hinzugefügt worden. Demnächst sollte an den Fotografen ein neuer Auftrag erteilt werden.
Ich stellte mir gerade vor, wie es wohl aussähe, wenn das Foto vom Chef gegen das seines Sohnes ausgetauscht würde. Mir war absolut mulmig zumute.
Was für ein Typ Mensch würde das sein? Welche Charaktereigenschaften hatte dieser Mann? Könnte ich überhaupt meinen Arbeitsplatz behalten oder käme es eventuell

zu Kompetenzschwierigkeiten? Immerhin sollte der Neue mit mir gleichen Alters sein. Plötzlich betrat ein Kollege das Foyer.

„Na, auch noch Überstunden gemacht?", fragte er mich und blieb neben mir stehen.

„Nein", beantwortete ich seine Frage. „Meine Arbeitszeit dauert immer etwas länger, als die der anderen Mitarbeiter!"

„Interessante Collage, nicht wahr?"

Ich schaute ihn verwundert an. Sollte er ein Gespräch mit mir anzetteln wollen? Ich hatte ihn zuvor noch nicht gesehen.

„Ja, sie ist gut gemacht und zeigt unseren Teamgeist, aber sie wird bald erneuert", gab ich Auskunft. „Sie sind ja auch noch nicht darauf verewigt. In welcher Abteilung sind Sie denn beschäftigt?"

„Oh", meinte er augenzwinkernd. „Ich habe mich noch gar nicht vorgestellt. Ich bin der Neue, Gernot Liebenstein, und zurzeit im Vertrieb tätig. Aber leider muss ich nächste Woche meinen Arbeitsplatz verlassen."

„Konstanze Beckmann", stellte ich mich vor. „Ihnen wurde gekündigt?"

Ich war erstaunt. Der Chef gab doch allen eine gute Chance.

„Aber nein, momentan bin ich hier der Springer", gab Herr Liebenstein bereitwillig Auskunft. „Nächste Woche muss ich für drei Wochen in die Werbeabteilung. Dort fallen wegen Urlaub gleich zwei Kollegen aus."

„Und für diese Arbeit sind Sie geeignet?" fragte ich verständnislos.

„Na ja, ich habe schon einmal in einem anderen Betrieb für mehrere Wochen in der Werbeabteilung gearbeitet. Ich werde bestimmt keine große Hilfe sein. Vielleicht mache ich dort den Telefondienst oder die Ablage. Mal sehen, welche Arbeit mir anvertraut wird."

Neugierig schaute ich meinen Kollegen an. Er schien Mitte vierzig zu sein. Mit weißem Shirt unter kariertem Hemd und gepflegter schwarzer Jeans sah er sportlich jugendlich aus. Die vollen blonden Haare trug er flott nach hinten gekämmt, wobei ihm einzelne Strähnen ins Gesicht fielen. Um seine stahlblauen Augen herum zeigten sich viele Lachfältchen und auch seine Mundwinkel zeigten Spuren von Fröhlichkeit und Optimismus. Breitschultrig war er mit schlanker Taille, ein Prachtexemplar von einem Mann also. Sicherlich waren viele Frauen hinter ihm her. Ein kleiner Stich von Eifersucht traf mich und wäre ich nicht in Joachim verliebt, könnte mir dieser Mann echt gefährlich werden.

„Ich muss mich beeilen, mein Zug fährt sonst ohne mich ab!" Und schon war ich verschwunden. Immerhin musste ich noch meinen Koffer packen, die Blumen gießen und Ordnung schaffen, denn morgen fuhr in aller Frühe mein Zug Richtung Bad Sooden-Allendorf.

Meine Gedanken schweiften während der Bahnfahrt immer wieder ab zu Gernot Liebenstein. Er hatte mich mit seiner Erscheinung sehr beeindruckt.

September 1993

Zur Mittagszeit traf ich am nächsten Tag pünktlich in Bad Sooden-Allendorf ein.
Dort wartete voller Ungeduld ein unruhiger Joachim. Überglücklich nahm er mich in die Arme und trug mein Gepäck zu seinem Auto. Er hatte bereits die Schlüssel für unser Appartement abgeholt und seine Reisetasche dort abgestellt.

Kaum dass wir das Appartement betreten hatten wollte er mich auf das große Doppelbett ziehen. Ich allerdings war erschöpft von der Reise und musste mich erst einmal einfinden. Konsterniert ging Joachim auf meinen Vorschlag ein, gemütlich essen zu gehen und danach ein wenig zu ruhen.

Wir ließen sein Auto stehen und gingen Hand in Hand Richtung Pizzeria. Er hatte wohl keinen rechten Appetit und zog mich zwei Häuser weiter zu einem unscheinbaren Restaurant. Mir gefiel das Haus nicht, doch ich gab nach und wir setzten uns an einen der vor dem Haus stehenden Tische.

Es war recht kühl. Joachim hatte anscheinend keine Lust auf ein gemütliches romantisches Essen am späten Mittag. Mein Magen knurrte, denn außer etwas Obst hatte ich am Morgen nichts gegessen. Müde war ich und die Kälte drang unter meine Jacke. Joachim schien davon nichts zu merken.
Als unsere Putenschnitzel mit Kartoffeln und Erbsengemüse vor uns standen, ahnte ich bereits nichts Gutes. Und wirklich, das Putenschnitzel war nicht durchgebraten. Ich bat Joachim, den Ober zu rufen. Aber er meinte, ich möge mich nicht so anstellen und das Fleisch essen. Verständnislos schaute ich

ihn an. Rohes Geflügel war nun wirklich nicht genießbar! Ich winkte den Ober an den Tisch. Unfreundlich nahm dieser meinen Teller, um ihn bereits wenige Minuten später an meinen Platz zurück zu bringen. Tatsächlich, es handelte sich um das gleiche bereits angeschnittene Fleisch. Man hatte es für Minuten in eine Mikrowelle gestellt und nachgegart. Joachim saß mir wortkarg und schlechtgelaunt gegenüber. Schweigend und nachdenklich nahm ich meine Mahlzeit ein. Am liebsten wäre ich aufgestanden und gegangen.

War das noch der Mann, der so höflich und verliebt mit mir die Urlaubs- und Seminartage verbracht hatte. Meine Bedenken verschwanden, als wir nach einem kurzen Mittagsschläfchen einander zärtlich in die Arme nahmen und uns liebten. Und schon bald hatte ich diesen kleinen Vorfall vergessen. Die nächsten Tage verliefen voller Harmonie und Zärtlichkeit. Wir kauften gemeinsam ein und freuten uns, wenn wir Übereinstimmungen entdeckten.

Wir unternahmen ausgiebige Wanderungen. Eine davon führte zur Burg Hanstein, eine der malerischsten Burgruinen Deutschlands. Von der Aussichtsplattform aus genossen wir einen herrlichen Panoramablick. Von

Lindewerra aus stiegen über verschlungene schmale Wanderwege auf zur Teufelskanzel. Mehrfach verliefen wir uns, doch das störte uns nicht. Endlich oben angekommen fanden wir eine Hütte vor, in der wir duftenden Kaffee und leckere Waffeln mit heißen Kirschen und Schlagsahne zu uns nahmen. Ach, wie gerne hätte ich eine zweite Portion verdrückt. Aber ich ließ es bleiben.
Am Abend telefonierte Joachim mit seinen Kindern. Er verließ den Raum, um ungestört reden zu können, was mich jedoch sehr irritierte.

„Konstanze", begann er eine halbe Stunde später ein Gespräch mit mir. „Ich habe mit Jobst, Annika und Sieglinde gesprochen. Wir fahren morgen nach Kassel. Ich möchte, dass meine Kinder dich kennen lernen."

„Meinst du nicht, dass das viel zu verfrüht ist?", wollte ich wissen. Ich fühlte mich total überrumpelt.

Joachim ließ sich von seinem Plan nicht abbringen. Ziemlich wortkarg fuhren wir am nächsten Tag kurz nach dem Mittagessen nach Kassel, um uns dort in einem etwas ältlichen Café mit seinen Kindern zu treffen.
Wir mussten einige Zeit warten und waren unruhig und nervös.

Der Auftritt der Kinder war bemerkenswert.
Jobst, 19 Jahre alt, war ein gut aussehender schlanker Mann. Seine Schwestern unterschieden sich bereits äußerlich sehr stark voneinander. Während Annika mit ihren 15 Jahren nahezu gleichgroß wie ihr Bruder war, wirkte die 17jährige Sieglinde schmal und zart. Sie verfügte über ein scharfes Mundwerk und würdigte mich keines Blickes.
Jobst war höflich und freundlich. Ihm schien die Situation ebenso wenig zu behagen wie mir. Annika saß hilflos und still mir gegenüber. Sie lächelte mich unsicher an.
Joachim schien von alledem keine Notiz zu nehmen und absolut unbefangen zu sein. Unverhofft schickte er mich mit Annika nach draußen, denn er wollte mit Jobst und Sieglinde einige Worte unter sechs Augen sprechen.

Verständnislos trottete ich mit Annika an der stark befahrenen Hauptverkehrsstraße entlang. Zum Spazieren gehen war das wirklich nicht die richtige Gegend. Doch was blieb uns anderes übrig? So erfuhr ich von Annikas Schulproblemen und dass sie überhaupt keine Ahnung hatte, ob sie den Abschluss schaffen würde. Sie erzählte von den vielen Nachhilfestunden und dem Unmut ihres Vaters, dass sie nicht ebenso intelligent war wie Sieglinde. Diese brachte nur gute

Noten mit nach Hause und war der ganze Stolz ihrer Eltern.

Ich tröstete Annika ein wenig. Sie tat mir leid, denn in ihrer Art wirkte sie sehr schutzbedürftig. Nach einer Weile machten wir uns auf den Weg zurück zum Café und wurden bereits erwartet. Wir trennten uns erleichtert voneinander und Joachim und ich fuhren wieder Richtung Bad Sooden-Allendorf.

Wäre dieses Treffen nicht so sonderbar verlaufen, hätte die Rückfahrt sehr romantisch sein können. Wir fuhren auf Nebenstraßen durch hügelige Landschaft. Der Blick führte über Wiesen und Felder zu den laubbedeckten Hängen, die golden im Herbstlicht erstrahlten. Das Spiel von Licht und Schatten begeisterte mich. Die kleinen Bergdörfer, durch die wir kamen, hatten etwas Heimeliges an sich. Überall herrschte Sauberkeit. Die letzten Geranien blühten vor den Fenstern und auf den Balkonen. Es war Romantik pur. Und doch, irgendetwas störte.
Joachim war sehr nachdenklich und wortkarg. Über sein Gespräch mit Jobst und Sieglinde wollte er sich nicht mitteilen. Mir fehlte seine Offenheit, Vertrauen und die gewohnte Wärme. Auch der Abend verlief zum ersten Mal distanziert.

Frühmorgens kam Joachim mit Brötchen und einer Zeitung zurück. Während ich den Abwasch erledigte, studierte er intensiv die Wohnungsangebote und war nicht ansprechbar.

„Ich würde mir gerne einige Wohnungen mit dir ansehen, Konstanze", meinte er beiläufig. „Ich denke, dass wir nicht nach Kassel ziehen, sondern hier in Bad Sooden-Allendorf leben, wenn meine Scheidung durch ist."

„Bist du dir sicher?", fragte ich verwundert. „Wir haben doch noch gar nicht über eine feste Verbindung gesprochen!"

„Fühlst du denn nicht, dass wir füreinander geschaffen sind? Wir lieben uns doch, Konstanze. Kannst du dir vorstellen, dass wir voneinander getrennt sind? Ich kann mir Tage ohne dich überhaupt nicht mehr denken."

Seine Worte stimmten mich versöhnlich. Sicher, zur Liebe und zum Leben gehörten auch und Auseinandersetzungen und Krisen.
Noch am Vormittag sprachen wir bei einigen Vermietern vor, um uns die angebotenen Wohnungen anzuschauen.
Wir hatten kein Glück. Entweder waren Joachim die Zimmer zu dunkel oder es gab

keine Gartenbenutzung. Ein anderes Mal bemängelte er eine Altbauwohnung in schlechter Lage. Ich war erleichtert darüber, denn mir ging alles viel zu schnell.

Wenn ich allerdings an unsere Liebesnächte dachte, dann wünschte ich mir ewiges Beisammensein. Joachim war ein äußerst phantasievoller Liebhaber.

Von nun an liefen wir täglich durch Sooden und Allendorf, um Häuser und Wohnungen zu besichtigen. Wir blieben erfolglos. Alles schien sich gegen uns verschworen zu haben. Seltsamerweise gingen wir in diesen Tagen überhaupt nicht tanzen. Ich vermisste die schönen Stunden, die wir im Kurparkhotel miteinander verbracht hatten, die führende Hand in meinem Rücken, die Erotik.

Joachim war stürmisch und immer hungrig auf mich. Wir liebten uns mehrfach am Tag.
Die langen Wanderungen, die wir außerdem unternahmen, machten müde und abends saßen wir oft noch bei einem Glas Wein in der Wohnküche unseres Appartements. Diese Stunden waren ganz besonders innig, da wir über Gott und die Welt philosophierten, träumten und lachten. Sah so meine Zukunft aus?

Joachim telefonierte häufig mit seinen Kindern. Er führte lange Gespräche und verließ jedes Mal das Zimmer. Zwei Tage vor meiner Abreise kündigte er den Besuch seiner Noch-Ehefrau an. Kein Wort der Erklärung folgte. Joachim war sichtlich beunruhigt.

Carola war eine große, kräftig gebaute Frau mit kurzen dunklen Haaren. Sie ging gebeugt und schien ein freudloses Leben zu führen. Wir trafen uns in Sooden, um miteinander einen Café zu trinken. Carola wollte mit mir unter vier Augen reden. Wir beschlossen, ohne Joachim ein wenig spazieren zu gehen.

„Ich liebe meinen Mann und möchte wissen, wie Sie zu ihm stehen", begann sie ohne Umschweife.
„Ich habe ihm drei Kinder geschenkt, ich sorge mich um alles, wasche seine Wäsche und teile mit ihm alle Nöte. Und er macht hier mit Ihnen Urlaub und will sich plötzlich von mir trennen. Haben Sie denn überhaupt kein Gefühl im Leib? Wollen Sie unsere Ehe zerstören?"

Also, das war doch die Höhe!

„Joachim sagt, Sie leben seit einigen Monaten in Trennung."

„Das stimmt nicht! Sie haben ihm total den Kopf verdreht. Natürlich ist es nach so vielen Ehejahren nicht mehr so schön und prickelnd wie zu Beginn. Aber das kommt in jeder Ehe vor. Können Sie sich vorstellen, wie ich mich fühle?"

„Ich kann nur wiederholen, was Joachim mir erzählt hat. Warum sollte ich seine Worte bezweifeln. Ich verstehe, dass es Ihnen schwer fällt, sich auf eine endgültige Trennung einzulassen, aber damit habe ich nichts zu tun. Bitte regeln Sie Ihre Beziehung mit Joachim. Ich kann mir wirklich nicht vorstellen, dass er mich belogen hat."

Ich war mir keiner Schuld bewusst. Carola war mir sympathisch und sie tat mir leid. Ich war froh, dass mein Urlaub fast zu Ende war. So hatte ich Zeit, über alles noch einmal nachzudenken. Mit Joachim würde ich mich abends ernsthaft unterhalten.

Ach, wenn ich doch gewusst hätte, wie schwierig Unterhaltungen mit verliebten Männern zu führen sind. Mein Liebhaber blieb energisch bei seiner Version. Punktum. Dann nahm er mich in die Arme und seine Leidenschaft ließ mich alles Gesagte vergessen.

Joachim war sicher, dass wir uns schon bald wiedersehen würden. Der Abschied fiel uns zwar schwer, aber es war beinahe, als bräche ich nur für kurze Zeit auf zu einer Dienstreise.
Auf der Heimfahrt überlegte ich, wie ich meinem Chef beibringen könnte, dass ich vermutlich in Bälde seine Firma und somit auch ihn und seinen Sohn verlassen würde.

Abends, endlich daheim, kam schon das nächste Unheil auf mich zu. Ich war gerade dabei, die getragene Wäsche in die Waschmaschine zu stopfen, als es an der Eingangstür klingelte. Der Pfarrer unseres Dorfes stand vor mir und bat um Einlass.

Ich führte ihn ins Wohnzimmer und bot ihm ein Glas Mineralwasser an, das er aber ablehnte.
„Ich komme in einer heiklen Angelegenheit", begann er mit energischer Stimme. „Ich erhielt gestern einen Anruf von Frau Carola Lenz. Ich brauche Ihnen wohl nicht zu erklären, um wenn es sich hierbei handelt."
Ich verneinte kopfschüttelnd und sah den Pfarrer fragend an.

„Frau Lenz hat mir weinend erzählt, dass Sie, Frau Beckmann, sich rücksichtslos in ihre Ehe gedrängt haben. Sie sollten doch wohl die

Gebote kennen – oder möchten sie diese von mir erklärt bekommen?"

Der Pfarrer holte tief Luft, bevor er weitersprach. „Frau Beckmann, Sie sind in eine Ehe eingebrochen. Drei Kinder sind die Leidtragenden. Wollen Sie den Kindern den Vater nehmen? Glauben Sie wirklich, Sie könnten Ihr Glück auf dem Unglück einer Familie aufbauen?"

Vor Entsetzen brachte ich kein Wort hervor.
Wie gerne hätte ich dem Pfarrer erklärt, dass sich alles ganz anders verhielt. So stotterte und stammelte ich lediglich Erklärungen und berichtete, dass Joachim Lenz erzählt habe, in Scheidung zu leben, von der Wohnungssuche und der Absicht, mich zu ehelichen.

„Herr Lenz ist bereits verheiratet. Haben Sie das etwa übersehen?", fragte er barsch.

Er hielt meine Worte für dumme Ausflüchte einer sündigen ertappten Frau.

An diesem Abend saß ich noch lange im Wohnzimmer und konnte keinen klaren Gedanken mehr fassen. Ich schämte mich sehr, obwohl es dafür im Grunde genommen keinen Anlass gab. Hatte Carola Lenz die

Wahrheit gesagt? Führte Joachim ein Doppelleben? War ich auf einen Blender hereingefallen? War ich leichtgläubig und naiv? Fragen über Fragen tummelten sich in meinem Kopf.

Am nächsten Morgen fuhr ich mit dem Fahrrad zu meiner Freundin Anne. Sie sah sofort, dass mit mir etwas nicht stimmte, doch sie hatte nur wenig Zeit für meine Sorgen, da sie gerade für die Tochter einer Bekannten das Brautkleid nähte. Ich bewunderte ihre Nähkünste. Solch ein Kleid hätte ich auch gerne zu meiner Hochzeit getragen. Bis auf Anne und mich waren alle unsere Mitschülerinnen verheiratet. Nur für uns schien es einfach keinen passenden Deckel zu geben.

Anne konnte gar nicht glauben, was ich ihr berichtete.
„Nun warte erst einmal ab, Conny", meinte sie tröstend. „Sicherlich wird Joachim dich heute noch anrufen. Alles wird sich aufklären, du wirst schon sehen."

Aber Joachim rief nicht an. Auch am nächsten Tag nicht. Am dritten Tag erreichte ich ihn endlich zwischen zwei Vorlesungen. Er war ziemlich kurz angebunden und sprach von enormen Arbeitsstress und Ärger mit seiner Frau. Irgendwie schien er total verärgert.

„Konstanze, wir müssen allmählich Nägel mit Köpfen machen", meinte er abschließend. „Ich bin dabei, weitere Wohnungen anzusehen und bitte dich, am Wochenende in einer Woche nochmals nach Bad Sooden-Allendorf zu kommen und mit mir gemeinsam die entsprechenden Objekte anzuschauen."

„Wie soll ich das deiner Meinung nach schaffen?", unterbrach ich ihn. „Ich habe hier in Cuxhaven meine Arbeit und auch sonst genug um die Ohren. Ich kann doch nicht andauernd unterwegs sein und dich treffen. In unserer Firma steht ein Führungswechsel bevor. Es kann sein, dass ich Überstunden machen muss. Außerdem geht ein großer Teil mein guten Gehalts für Unterbringungskosten und Bahnfahrt drauf, während du nur einen Katzensprung nach Bad Sooden-Allendorf zu bewältigen hast und sogar abends wieder nach Hause fahren könntest."

„Beruhige dich, Liebes", meinte Joachim beschwichtigend. „Ich dachte, auch dir wäre daran gelegen, mit mir zusammenzuleben. Und was deine Arbeit betrifft: Wenn wir erst einmal verheiratet sind, dann brauchst du sowieso nicht mehr zu arbeiten. Ich verdiene mehr als genug und wir genießen unsere freie Zeit."

„Du möchtest, dass ich mich von dir aushalten lasse?" Ich war total entgeistert.

„Ich möchte eine ausgeruhte Frau, wenn ich von der Arbeit komme. Du kannst ja deinen Hobbies nachgehen, schwimmen oder joggen. Ich möchte eine Frau, die nicht zu müde ist, um mit mir zu schlafen und mit der ich abends noch einiges unternehmen kann.
Und jetzt muss ich Schluss machen, meine Studenten warten bereits auf mich." Mit diesen Worten legte er einfach auf.

Was fiel Joachim ein, dermaßen über mein Leben bestimmen zu wollen. War das überhaupt noch der rücksichtsvolle Mann, den ich vor Monaten kennengelernt hatte.
Mir gingen dermaßen viele Gedanken durch den Kopf, dass ich am Nachmittag meinen Chef anrief und bat, den Urlaub beenden und schon vorzeitig ins Büro kommen zu dürfen.
Herr Carstensen war darüber hoch erfreut, denn in der Firma ging es ohne mich meist drunter und drüber. Man war einfach gewohnt, dass ich alles arrangierte und organisierte.

Meinem Chef blieb nicht verborgen, dass ich Probleme hatte. Er bat mich, nach Feierabend zu einem persönlichen Gespräch in sein Büro zu kommen.
Bislang war es ausschließlich meine Aufgabe, für Herrn Carstensen den Kaffee zu kochen. An diesem Tag war alles anders. Mein Chef hatte persönlich einen kleinen Tisch nett eingedeckt. Blumen standen in einer Vase mitten darauf, leckere Sahnestücke lockten verführerisch und auch der Kaffee stand bereits duftend für uns bereit.

Dieser Tag war für mich bisher ziemlich mies gelaufen. Ich war unkonzentriert und diverse Briefe mussten mehrfach korrigiert werden. Solche Patzer war Herr Carstensen nicht von mir gewohnt. Es musste also in meinem Leben etwas Gravierendes ereignet sein. Nachdem wir Platz genommen hatten lächelte er mir aufmunternd zu und forderte mich auf, endlich meinen Kummer und meine Sorgen zu beichten.

Herr Carstensen hörte mir zu, ohne mich auch nur einmal zu unterbrechen.
„Und was wollen Sie nun tun?", war seine einzige Frage.

„Ich weiß es momentan nicht", antwortete ich

wahrheitsgemäß. „Fest steht, dass ich am nächsten Wochenende noch einmal nach Bad Sooden-Allendorf fahre, um mir endgültig Klarheit zu verschaffen. Am Telefon lässt sich die ganze Angelegenheit nicht regeln."

„Das finde ich absolut vernünftig", bestätigte mein Chef. „Sie können sich die anstrengende Bahnfahrt allerdings sparen, wenn Sie möchten. Ich weiß, dass Herr Liebenstein zu einer Familienfeier nach München fährt. Er muss am Sonntag wieder zurück, denn ich brauche ihn dringend in der Produktion. Ich habe ihn mit einigen wichtigen Aufgaben betraut und kann unmöglich länger auf ihn verzichten."

„Aber ich kann doch nicht mit einem mir fremden Kollegen so einfach mitfahren. Vielleicht bin ich ihm lästig und er müsste wegen mir die Autobahn auch noch verlassen und einen Umweg fahren!"
Mein Einwand fand leider keine Zustimmung.

„Papperlapapp", wandte Herr Carstensen ein. „Ich spreche nachher noch mit ihm. Ich bin mir sicher, er bringt Sie gerne in diesen Ort. Ich gebe Ihnen morgen Bescheid."

Wir saßen noch einen Moment zusammen, sprachen über dieses und jenes, dann musste ich leider aufbrechen, um meinen Zug zu erreichen. Herr Carstensen persönlich brachte mich mit seiner Limousine zum Bahnhof.

Nach diesem Gespräch fühlte ich mich wieder wohler und konnte in den nächsten Tagen konzentriert arbeiten. Die Firma gab mir Geborgenheit und ich konnte unter Beweis stellen, dass man sich auf mich verlassen konnte. Ich trug gerne Verantwortung. Es stärkte mein Selbstbewusstsein enorm, wenn ich für auftretende Probleme jeglicher Art Lösungen fand. Schwierige Verhandlungen meisterte ich bravourös mit Know-how und mein Lächeln ließ auch die verkniffensten Gesichter wieder heller erscheinen.

Plötzlich fing ich an, mich auf die lange Autofahrt mit Herrn Liebenstein zu freuen.

Ich benötigte nur wenig Gepäck, das wir im Handumdrehen in dem geräumigen Fahrzeug verstauten.

„Ich muss zur Hochzeit meiner Cousine", klärte mich Herr Liebenstein auf. Seine Anzüge hingen, wie es bei Vertretern mitunter üblich ist, geordnet an einer extra eingebauten Halterung.

„Das Schlimme ist nur, ich kann überhaupt nicht tanzen. Es ist eine Dorfhochzeit mit allem, was dazu gehört. Ich werde sicherlich allen schönen Damen auf die Füße treten. Hoffentlich fange ich mir für meine Unbeholfenheit nicht noch eine Watschen ein." Er lachte.
„Wenn wir schon auf solch engem Raum zusammen sind, könnten wir uns auch eigentlich mit Vornamen anreden. Was halten Sie davon, Frau Beckmann?" Er betonte extra deutlich und langsam meinen Namen.

„In Ordnung, ich heiße Konstanze. Aber bitte nenne mich nicht Conny, das darf nur meine beste Freundin Anne."

„Gernot", stellte er sich noch einmal vor. „Und sage bloß nicht Gerry oder Notti. Das mag ich überhaupt nicht."

Ich prustete los. „Notti", das hätte nun wirklich noch gefehlt. Wir hatten viel Spaß auf unserer Fahrt und ich bedauerte zutiefst, in Bad Sooden-Allendorf aussteigen zu müssen. Gerne wäre ich zur Hochzeit mitgefahren.

„Wann und wo soll ich dich am Sonntag abholen? Und wo bleibst du so lange mit deinem Gepäck?"

Wir verabredeten uns für zwanzig Uhr am Bahnhof. Das Gepäck konnte ich in der Zwischenzeit dort deponieren.

„Soll ich dir noch kurz zeigen, wo der Bahnhof ist?"

„Ich habe ein „Navi" und finde dich sowieso. Ich finde dich auch am Ende der Welt", bemerkte er lächelnd.
Gernot brachte mich zum Parkplatz vor dem Kurtheater. Von dort aus waren es nur noch ein paar Schritte bis zu meiner Unterkunft.
Fröhlich winkte ich ihm hinterher. Ich bedauerte ein wenig, dass diese schöne Fahrt bereits zu Ende war.

Mein Zimmer über dem Café nahe der Pizzeria war zwar einfach eingerichtet, doch ich hatte einen herrlichen Blick auf den Kurpark und die Pfennigstube. Zwar blieb das Rollo nicht unten, als ich ein wenig abdunkeln wollte, aber bei diesem Problem half mir meine Reisetasche. Ich wollte gerade das Zimmer verlassen, als Joachim hereinkam. Er umarmte mich flüchtig.

„Wir müssen uns beeilen, Konstanze. Ich bin ein wenig spät. Auf der Autobahn gab es Stau. Wir haben einen Termin bei Vermietern und müssen heute noch die Wohnung besichtigen."

Ich fand diese Eile unangemessen, sagte aber nichts. Gerne hätte ich eine Kleinigkeit gegessen, aber auch dazu schwieg ich. Brav trottete ich neben ihm her. Der Weg war weit und ich fragte, warum wir nicht mit seinem Auto fuhren.

Joachim sah mich verständnislos an. „Ich dachte, du wärest heute schon genug Auto gefahren", meinte er lapidar. „Ein bisschen Bewegung tut uns sicherlich gut."

Mir war so gar nicht zum Laufen zumute, aber was sollte ich machen? Die Wohnung lag in einem Neubaugebiet und es gab schon mehrere Bewerber. Helle und freundliche Räume in Süd-West-Lage, ein großer überdachter Balkon, Mitbenutzung der Gartenanlage, zwei Kellerräume und eine Top-Hausordnung, ein wundervolles Angebot. Der Preis war akzeptabel. Ich hätte sofort zugegriffen.

Joachim fand aber wieder einmal das Haar in der Suppe.
„Zu weit abgelegen", befand er. Dabei hatte er doch ein Auto und ich könnte mit dem Fahrrad oder Bus sehr schnell in der Stadt

sein. Zum Einkaufen blieb uns abends genügend Zeit oder an den Samstagen. Ich verstand die Welt nicht mehr.

Am Sonntag fuhren wir in der Frühe nach Allendorf in die Ackerstraße. Doch das Haus war baufällig und kam nicht infrage. Die nächste Wohnung war feucht und die darauf folgende zu klein. Kurz vor Mittag erzählte mir Joachim beiläufig, dass seine Frau mit den beiden Töchtern auf dem Dachboden seines Hauses gestanden hatte, als er vorgestern nach Hause kam. Sie hatte gedroht, sich mit ihnen zusammen in die Tiefe zu stürzen.

Die Gleichgültigkeit in seiner Stimme regte mich kolossal auf.

„Ich glaube, lieber Joachim, es ist die richtige Zeit, dass wir uns trennen. Du hast deine Angelegenheiten daheim nicht beendet. Du hast auch nicht vor, irgendetwas an diesem Verhältnis zu verändern. Deine Frau schickt mir den Pfarrer auf den Hals, der mich beschimpft, als wäre ich eine selbstsüchtige Person, die es nur darauf anlegt, eine Familie zu zerstören.
Dich interessiert überhaupt nicht, wie und wo ich wohnen oder leben möchte. Du bestimmst, ob ich weiterhin arbeiten darf

oder nicht. Ich möchte, dass du jetzt gehst. Gehe zu deiner Familie zurück. Ich kann es nicht verantworten, dass deine Frau oder deine Kinder sich etwas antun. Nicht wegen mir! Ich zerstöre keine Ehe! Du hast gesagt, du lebst in Scheidung, aber das stimmt nicht. Ihr lebt nach wie vor zusammen und dieses Chaos mache ich nicht mehr mit."

Nun war alles gesagt. Ich hatte gründlich genug von dieser Situation und bestand darauf, dass er sofort zurückfuhr.

„Die Rechnung für das Zimmer zahlst du dieses Mal alleine", endete ich schließlich energisch. „Ich habe genügend Kosten durch das ganze Theater gehabt. Und vergiss nicht, die Tür hinter dir abzuschließen und den Schlüssel an der Rezeption abzugeben."
Damit drehte ich mich um und verließ das Zimmer.

Im Café fragte ich nach, wie lange ich mein Gepäck stehen lassen könne.

„Überhaupt kein Problem", gab man mir Auskunft. „Heute reisen keine Gäste mehr an und die Reinigungskraft kommt erst morgen früh."

Ich war erleichtert und bedankte mich. In diesem Moment kam Joachim mit seinem Gepäck die Treppe herunter geeilt und ich entwich durch den Seitenausgang. So schnell ich konnte lief ich durch das Söder Tor in Richtung Gradierwerk, am Solebad vorbei und in die Bismarckstraße hinein. Die Passanten schauten mir erstaunt hinterher. Erst an der Minigolf-Anlage fand ich Ruhe.

Unauffällig mischte ich mich unter die Spaziergänger und ging kreuz und quer zurück zum Café. In meinem Zimmer fühlte ich mich geborgen und endlich in der Lage, meine Beherrschung aufzugeben und zu weinen. Ich fühlte mich belogen, betrogen, gedemütigt, beschmutzt, verraten.

Ich, Konstanze, im Berufsleben erfahren, routiniert, wortgewandt und Krisen meisternd war auf einen Schürzenjäger hereingefallen.
Blindlings hatte ich diesem Mann vertraut, war ihm hinterhergereist, hatte seinen Heiratsversprechen Glauben geschenkt und dabei alle inneren Warnhinweise überhört.
Und alles nur aus Liebe! Wie unerfahren im Umgang mit Männern war ich doch. Hatte ich so etwas wirklich nötig?

Langsam beruhigte ich mich und mein Verstand setzte wieder ein. Zunächst würde ich in der Pizzeria eine Kleinigkeit zu Mittag essen. Ein Glas Roséwein dazu täte sicherlich der Seele gut. Also schminkte ich mich sorgfältig und öffnete die Spange meiner zusammengebundenen Haare. In meiner Heimat kannte mich kaum jemand mit dieser Frisur. Immer korrekt war meine Haarpracht entweder hochgesteckt oder streng zusammengebunden. Jetzt gab mir meine blond fließende Mähne einen Hauch von Sicherheit. Ich lächelte meinem Spiegelbild zu und begab mich nach draußen.

In der Pizzeria saßen nur sehr wenige Gäste. Die Urlaubssaison war bereits vorüber und die Kurgäste würden sowieso in den Kliniken speisen. Ich hatte gerade gewählt, als mich eine vertraute Stimme ansprach.

„Konstanze, bist du das?"
Ich blickte auf und sah in Gernots Gesicht. Bewunderung lag in seiner Stimme.

„Meine Güte, bist du hübsch", entfuhr es ihm.
Vor Verlegenheit errötete ich.

„Was machst du denn hier um diese Zeit?", fragte ich erstaunt. „Ich denke, du sitzt noch beim Katerfrühstück bei Deinen Verwandten?"

„Ich hatte heute Morgen ein recht komisches Gefühl. Obwohl die Feier bis weit nach Mitternacht dauerte, ging ich früh auf mein Hotelzimmer. Es machte mir keinen Spaß, mit Fremden zu tanzen. So machte ich mich um kurz nach neun Uhr auf den Weg zurück. Darf ich mich zu dir setzen?"
„Bitte entschuldige. Selbstverständlich. Es ist schön, dass du hier bist."
„Erzähle bitte, liebe Konstanze, was ist passiert. Du siehst nicht gerade glücklich aus."

„Ach Gernot, das ist eine lange Geschichte. Ich weiß nicht, ob ich schon darüber reden möchte", wich ich aus.

„Dann lade ich dich jetzt erst einmal zum Essen ein und dann gehen wir ein wenig durch den Ort. Das, was ich bislang gesehen habe, lädt zum Verweilen ein. Ich bin total begeistert von den unterschiedlichen Fachwerkbauten. Und dann diese kleine trutzige Kirche direkt am Berg. Von weitem kann man sie schon erblicken", schwärmte er.
Wir beschlossen, bis zur vereinbarten Uhrzeit beide Stadtteile zu besichtigen, vorher aber noch schnell mein Gepäck in seinem Wagen zu verstauen. Ich vergewisserte mich beim Café-Besitzer, dass die Rechnung beglichen

war und wurde herzlich verabschiedet. Sollte ich jemals wieder nach Bad Sooden-Allendorf reisen, so würde ich hier sicherlich erneut ein Zimmer buchen.

Ich zeigte Gernot das Gradierwerk. Anschließend schlenderten wir durch die Weinreihe, die anschließende Kirchgasse Richtung Marienkirche. Gemeinsam traten wir durch die schwere Eichentür in das dunkle Innere. Wir schritten durch den Mittelgang bis kurz vor den Altarraum und Gernot bat mich, in der zweiten Reihe Platz zu nehmen.

Still und in Gedanken versunken saßen wir eine Weile dort und genossen die Ruhe und Geborgenheit, die heilige Räume verströmen. Als wir uns auf den Weg zum Ausgang machten, spürte ich eine tiefe Nähe zu meinem Begleiter. Fast spürte ich seine Hand an der meinen.

Die Sonne stand bereits schräg am Himmel, als wir uns mit dem Auto Richtung Allendorf begaben. Wir fanden sofort einen Parkplatz und gingen von dort aus die Treppen hinunter zum Fischerstad. Gernot war begeistert.

Wir überquerten die Bahnhofstraße, um an der Werra ein kleines Stück weiter zu gehen und gelangten durch einen Torbogen in die Kirchstraße. Von dort ging es an der St. Crucis-Kirche vorbei und durch die Ackerstraße zum Park Landiviseau. Dort zeigte ich Gernot den wunderschön gewachsenen Ginkgo-Baum, der ihn sehr beeindruckte. Weiter ging es zum Diebesturm, der zum Glück geöffnet war und wir genossen den Blick über die Dächer Allendorfs.

„Es ist wunderschön hier, Konstanze", staunte Gernot. „So habe ich mir immer gewünscht zu leben. Fernab vom Stress und der Unruhe einer großen Stadt. Ich kann verstehen, dass du diesen Ort liebst."

„Ich gehöre nicht hierher, Gernot. Ich freue mich auf meine Heimat, auf Wind und Wellen, meine Arbeit und auch auf meine Wohnung." Und dann erzählte ich, wie es mir ergangen war.
Langsam stiegen wir die steile Treppe hinunter und gingen zum Auto. Wir waren uns einig, bereits früher die Stadt zu verlassen und uns auf den langen Heimweg zu begeben. Unterwegs würden wir eine Kleinigkeit essen.
Kurz vor zweiundzwanzig Uhr erreichten wir müde und abgespannt meine Wohnung.

„Magst du noch einen Moment mit hinauf kommen", fragte ich vorsichtig.

„Gerne", bejahte Gernot meine Frage. „Das Wochenende war doch sehr anstrengend und dazu die lange Fahrt. Ich wäre sehr dankbar, wenn du mir einen Kaffee machen könntest."

Er brachte mein weniges Gepäck die Treppe hinauf. Ich war ihm dankbar für diese Höflichkeit. Dann öffnete ich die Wohnungstür und machte Licht. Über einen kleinen Flur, der lediglich von Wandlampen erleuchtet wurde, gelangten wir in mein geräumiges Wohnzimmer. Die Wände waren weiß gestrichen. Auf dem grauen eleganten Marmorboden lag ein handgeknüpfter rot-schwarzer Teppich.

Eine weiße Ledergarnitur lud mit roten und schwarzen Kissen ein, gemütlich ein, Platz zu nehmen.
An den Wänden hingen nur wenige aber ausdrucksstarke Gemälde in Aquarell und Acryl. Sie gaben dem Raum Lebendigkeit.

Auf der breiten Fensterbank standen in weißen Keramiktöpfen rosa und weiße Orchideen. Auch auf die wenigen Möbel hatte ich großen Wert gelegt. Schneeweiß waren Tisch und Sideboards. Große Pflanzen in Kübeln durchbrachen die erlesene Eleganz des Raumes. Gernot war tief beeindruckt und fragte, ob er sich auch die Küche anschauen dürfe. Selbstverständlich durfte er! Ich war stolz auf meine Einbauküche, die in Weiß- und Grüntönen einen rustikalen Gegensatz zu meinem Wohnzimmer bot. Ein Holztisch mit vier dazu passenden Stühlen gab dem kleinen Raum entsprechende Gemütlichkeit.

Frisches Obst stand in einer großen Schale auf der Anrichte. Alles war praktisch und durchdacht angelegt, so dass ich trotz der Enge des Raumes über eine großzügige

Arbeitsfläche verfügte. Denn Kochen gehörte zu meinen Hobbies.

Gernot fühlte sich sichtlich wohl, denn er bat, den Kaffee in der Küche einnehmen zu dürfen. Meine Haare störten mich bei der Arbeit und so wollte ich sie gerade wie gewohnt zusammenbinden.

„Bitte lasse die Haare offen", bat Gernot leise. „Du siehst so wunderschön aus mit deinen goldblonden Haaren. Ich könnte dich ewig so anschauen."
Als ich in seine ehrlichen Augen sah, konnte ich ihm diese Bitte nicht abschlagen. Mit wenigen Handgriffen bediente ich die Kaffeemaschine und stellte zwei dezent gemusterte Kaffeetassen auf den Tisch.

Gemütlich saßen wir eine Weile beisammen, bis endgültig Zeit war, uns zu verabschieden. Schließlich musste Gernot um acht Uhr bei unserem Chef aufkreuzen und ich eine halbe Stunde später ausgeruht an meinem Arbeitsplatz sitzen.

Der Abschied fiel uns beiden schwer. Gernot nahm mich kurz in die Arme, dankte für die Begleitung und den schönen Nachmittag und hauchte mir einen Kuss auf die Wange. Ein letzter Gruß und dann war er zur Tür hinaus.

Ich saß noch eine Weile auf meiner Ledercouch und hörte sanfte Klaviermusik von Chopin. Dann legte ich mich schlafen.

Oktober 1993

Der Montag verlief hektisch. In der Produktion hatte es Ausfälle gegeben. Die Bänder standen still und die Techniker arbeiteten auf Hochtouren. Es galt, einen großen Lohnauftrag termingerecht abzuwickeln und der Chef war äußerst nervös. Meine Aufgabe bestand darin, den Auftraggeber zu bitten, uns einen Tag Aufschub zu gewähren, was dieser jedoch ablehnte.

Es war schon Abend, als die Arbeit in den Hallen wieder aufgenommen werden konnte.
In dieser Nacht musste durchgearbeitet werden, um den Auftrag zu erfüllen. Jeder verfügbare Mitarbeiter half, so wie es sich für ein gutes Team gehört. Um sechs Uhr morgens waren wir alle fix und fertig und bekamen von Herrn Carstensen bis nach der Mittagspause frei.

Für alle, die in der Nähe wohnten, war es kein Problem, ein paar Stunden Schlaf nachzuholen. Für mich lohnte der weite

Heimweg jedoch nicht. So machte ich es mir in einem Sessel bequem und schloss die Augen. Es klopfte. Gernot schaute vorsichtig herein und fragte dann, ob ich nicht für ein paar Stunden mit in seine Wohnung kommen wolle, um mich auszuruhen. Dankbar nahm ich dieses Angebot an.

Wir hatten nicht weit zu fahren. Wir hielten im Westerwischweg vor einer bezaubernden alten Villa. Das Haus lag ein Stückchen von der vielbefahrenen Straße entfernt hinter großen Rhododendren-Büschen. Ein weißer Zaun schützte das Grundstück vor ungebetenen Gästen. In der oberen Etage schien es unbewohnt und so war ich neugierig, was mich hinter diesen Mauern erwarten würde.

Wir betraten das Haus über eine kleine Treppe. Gernot öffnete und ging voran. Von einem kleinen Vorraum aus führte eine Treppe in das Obergeschoss. Wir gingen gerade aus weiter über einen kleinen dunklen Flur nach rechts. Hier befand sich ein kleines Zimmer, ausgestattet mit Schrank und Bett, einem runden Tisch und einem blauen Sessel.

Bunte Vorhänge gaben der Ausstattung einen wohnlichen Charakter. Auf dem Fensterbrett stand eine wundervolle Phalaenopsis mit rosa-weiß gestreiften Blüten. An den Wänden hingen geschmackvolle Orchideen-Bilder in Rahmen aus Kiefernholz. Ich fühlte mich sofort wohl in diesem Raum. Eine weitere Tür führte zu einem Waschraum mit Dusche und Toilette.

Gernot entschuldigte sich. „Es tut mir sehr leid, Konstanze. Ich bin erst vor kurzem eingezogen. Wände und Fußböden sind zwar renoviert, jedoch ist die Einrichtung noch sehr spärlich. Ich hoffe, dass du dich dennoch hier wohlfühlen kannst."
„Ich finde es hier sehr gemütlich. Du brauchst dir keine Gedanken darum zu machen. Hast du irgendwo einen kleinen Wecker für mich oder sagst du mir rechtzeitig Bescheid?"

„Keine Angst, meine Liebe, ich wecke dich spätestens morgen früh, ganz bestimmt!"

„Untersteh` dich", lachte ich und warf ihm eines der bunten geblümten Kissen hinterher. Ich zog mich schnell aus und kuschelte mich unter die weiche Daunendecke. Kurz darauf fiel ich in einen tiefen Schlaf.

So fest und tief hatte ich lange nicht mehr geschlafen. Eine Stimme drang von weit her an mein Ohr und es dauerte eine Weile, bis ich mich zurechtfand. Ich blinzelte schlaftrunken durch halb geöffnete Lider und sah Gernot an meinem Bett stehen.

„Machst du dich bitte fertig, Konstanze. Wir haben nur noch wenig Zeit und ich würde gerne mit dir eine Kleinigkeit essen", flüsterte er leise. Wie von Taranteln gestochen schoss ich hoch. „Um Himmels Willen, wie spät ist es denn?"

„Wir haben gleich 11.30 Uhr. Ich bin dabei, uns eine Kleinigkeit zu Essen zu machen. Du hast Zeit genug, dich in Ruhe anzukleiden.
Die Küche ist am Ende des Flures auf der linken Seite."

Schnell schlüpfte ich in meine rosa Bluse und das dunkelbraune Kostüm. Zum Glück waren meine Haare mit wenigen Bürstenstrichen gebändigt und bereits zwanzig Minuten später saß ich mit frischem Make-up versehen am Küchentisch. Verführerisch duftete es nach Bratkartoffeln, Rührei und Schnittlauch. Sogar geschnittene Tomaten lagen auf dem Teller. Hatte jemals ein Mann für mich gekocht?

Ich fand es herrlich, verwöhnt zu werden und Gernot schien es richtig Spaß zu machen. Da wir auf das Abendessen verzichtet und auch kein Frühstück eingenommen hatten, spürte ich einen Bärenhunger. Gernot beobachtete mich amüsiert. „Lass es Dir schmecken, es ist genug für uns da!"

Nach dem Essen gab es einen Espresso. Gernot drückte mir einen Apfel in die Hand und meinte nur, Vitamine wären wichtig zur Erhaltung der Schönheit und gegen Müdigkeit. Und schon ging es im Eiltempo wieder zur Firma.
Ich fühlte mich ein wenig unbehaglich, als uns im Foyer der Chef über den Weg lief. Was sollte er von mir denken, als ich mit Gernot lachend und scherzend eintraf. Ach, mir sollte das doch egal sein. Schließlich war auch er einmal jung gewesen.

Herr Carstensen schien anfangs sehr erstaunt, lächelte dann aber zufrieden und beorderte mich zum Diktat.

Der Tag verlief ohne weitere Vorkommnisse, dennoch waren wir alle froh, am Abend zeitig nach Hause zu kommen. Wieder stand Gernot bereit, mich zum Bahnhof zu fahren.

Seine Aufmerksamkeit und Hilfsbereitschaft tat mir gut. Dankend nahm ich sein Angebot an. Als ich am nächsten Morgen mein Büro betrat, stand auf dem Schreibtisch eine zauberhafte Orchidee mit zartgelben Blüten.

Nur kurze Zeit später betrat Gernot das Zimmer.

„Hast du mir dieses wunderschöne Kleinod auf den Schreibtisch gestellt?" fragte ich ihn sogleich.

„Wie kommst du auf mich?", war seine Antwort.
„Von Herrn Carstensen kann diese Blume nicht sein, der macht solche Geschenke nicht. Und außerdem ist mir nicht entgangen, dass wir beide eine Vorliebe für diese schönen Blüten haben."

„Ich dachte mir, du sitzt den ganzen Tag hier zwischen den großen Aktenbergen und arbeitest. In der Kantine bist du mittags nie zu finden. Sicherlich isst du nur schnell ein mitgebrachtes Brot und arbeitest ohne Pause weiter. Vielleicht gibt dir diese kleine Phalaenopsis Gelegenheit zum Träumen und Entspannen."

„Ganz lieben Dank dafür, Gernot. Sag bloß, du hast mich in der Kantine vermisst."

„Es wäre schön, wenn du dir ab und an eine kleine Pause gönnen würdest, Konstanze. Auf Dauer ist es sicherlich nicht gut, immer nur zu arbeiten und zu funktionieren. Es sieht ja fast so aus, als wärest du mit der Firma verheiratet."

Nun wurde mir das alles aber peinlich.
„Lieber Gernot. Du hast recht, die Firma bedeutet mir alles. Ich habe einen riesigen Spaß an meiner Arbeit, auch wenn ich

dadurch vielleicht ein bisschen zu wenig Freizeit habe. Aber was habe ich denn sonst? Familie ist nicht und meine Freundin Anne hat als Modeschneiderin derzeit so viele Aufträge, da störe ich nur, wenn ich sie besuche. Sie hat mit einer Hochzeit dermaßen viel um die Ohren, ich vermisse sie regelrecht. Und an den Wochenenden gönne ich mir ab und zu kulturelle Veranstaltungen. Ich gehe zu Kunstausstellungen, habe ein Theaterabonnement und ansonsten höre ich gerne Musik oder gehe Schwimmen", verteidigte ich mich.

„Das mag ja alles sein", meinte Gernot leichthin. „Aber ich komme in Zukunft mittags vorbei und hole dich wenigstens für einen kurzen Spaziergang aus der Höhle des Löwen." Er zwinkerte mir kurz zu und war auch schon wieder verschwunden.

Gernot hielt sein Versprechen. Jeden Mittag holte er mich für einen Spaziergang nach draußen. Einige Angestellte machten bereits Späße darüber. Doch uns störte das nicht. Ich genoss seine Nähe und die fröhlichen Gespräche. Sein Lachen war so erfrischend und seine blauen Augen sprühten Funken, so dass ich ihn immer nur anschauen konnte. Eines Freitags kam Gernot in mein Arbeitszimmer gestürmt.

„Konstanze, du musst mir helfen", redete er sofort los. „Nächste Woche kommt meine Mutter aus Berlin angereist. Sie will sich mein neues zu Hause anschauen. Ich habe doch noch gar keine Möbel für die erste Etage. Und die Gardinen und Vorhänge fehlen auch noch. Bitte hilf mir beim Kaufen der Möbel. Meine Mutter ist zwar sehr lieb und nett, aber ich möchte nicht, dass sie den Eindruck hat, sie müsse mir irgendwie helfen und ich käme nicht alleine zurecht. Hast du an diesem Samstag Zeit?"

„Du glaubst doch wohl nicht, dass du die Möbel, sollten wir welche finden, noch in der nächsten Woche geliefert bekommst?", fragte ich ihn belustigt. „Auf meine musste ich vier Wochen warten." Ich hatte sie in einem großen Möbelgeschäft in Lamstedt geordert, einem kleinen Dorf zwischen Hemmoor und Bremervörde gelegen.

„Das lass mal meine Sorgen sein", beruhigte Gernot mich. „Mit ein paar Geldscheinen ist alles möglich. Und vielleicht gibt es ja günstig Ausstellungsstücke zu kaufen. Also, bitte, sag endlich Ja."

„Wir können unmöglich morgen so viele Möbel und dann auch noch Vorhänge etc.

kaufen. Das schaffen wir nie", entgegnete ich.

„Dann bitte nehme dir für Montag frei. Unser Chef wird ja wohl nichts dagegen haben." Seine Stimme klang eindringlich.

Zum Glück war Herr Carstensen bereit, mir für den Montag Urlaub zu gewähren. Aber er wollte wissen, warum ich so kurzfristig darum bat. Ich erklärte ihm die Situation mit wenigen Worten.

„Na, wenn das so ist und Sie Herrn Liebenstein damit aus der Verlegenheit helfen wollen, dann haben Sie meinen Segen", sagte er und lächelte.

Gernot wartete bereits, um mich, wie ich annahm, zum Bahnhof zu bringen. Dieses Mal fuhr er aber in eine andere Richtung, nämlich direkt zu mir nach Hause.

„So, meine Liebe, jetzt hast du ein wenig Zeit, dich umzuziehen, ein kleines Köfferchen zu packen für morgen, und dann nehme ich dich gleich wieder mit nach Cuxhaven", lachte er mich an.

„Ich glaube, jetzt geht es dir wirklich zu gut", empörte ich mich. „Warum sollte ich das tun?"

„Einfache Sache", konterte er. „Wenn du hier bleiben willst, dann schlafe ich eben auf dem Sofa. Wir verlieren dadurch morgen früh keine Zeit und können direkt nach dem Frühstück zum Möbel kaufen starten."
Das war natürlich ein Argument.
„Du bist ganz schön frech und dreist, lieber Gernot. Pass bloß auf und mach so nicht weiter. Eigentlich bestimme immer noch ich, wen ich hier übernachten lasse oder bei wem ich übernachte", neckte ich ihn. „Wenn du so weitermachst, sage ich doch noch „Notti" zu dir."

„Unterstehe dich, du kleine Büro-Maus", unkte er. „Ich will heute den Chef spielen und dir sagen, was du zu tun hast. In der Firma muss ich ja immer das machen, was die anderen von mir wollen. Beste Gelegenheit, etwas zu ändern."

„Wenn du etwas ändern willst, dann doch bitte bei dir selbst", parierte ich lachend.

„Seit wann muss ein *Mann* sich ändern?"

„Spätestens dann, wenn er *mir* begegnet. Nur damit du das weißt. Und wenn du zur rechten Hand des Chefs so frech bist, dann darfst du nächste Woche das Lager putzen."

Wir hatten sehr viel Spaß daran, so ungezwungen miteinander herumzualbern. Wir waren uns einig, dass Gernot dieses Mal auf der Ledercouch übernachten sollte. Wir würden am Samstag sehr früh aufbrechen, um keine Zeit zu verlieren. Ich brachte ihm Decken und Kissen und begann, einen gemütlichen Schlafplatz herzurichten. Gernot holte unterdessen eine Reisetasche aus seinem Auto und kam grinsend herein.

„Du siehst, ich habe vorsorglich an alles gedacht."

„Schlawiner", gab ich ihm zur Antwort.

Gerade wollte ich in die Küche eilen, um das Abendbrot zu bereiten, da spürte ich bereits wieder seine Nähe. Gernot stand dicht hinter mir, als mich auch schon seine Hände leicht umfassten.

„Es ist schön hier bei dir, Konstanze. Deine Nähe tut mir gut." Dabei löste er auch schon meine Haarspange und meine Haare fielen leicht und locker auf meine Schultern. Ich

drehte mich zu ihm um und er strich liebevoll eine vorwitzige Strähne aus meinem Gesicht. Schon spürte ich seine Lippen auf den meinen und die Welt versank um mich herum in diesem zärtlichen liebevollen Kuss.
Überwältigt lösten wir uns nach einer scheinbaren Ewigkeit voneinander. Keiner von uns wagte, ein Wort zu sagen, um diesen Zauber des Moments nicht zu zerstören. Wir schauten uns tief in die Augen und sahen beide, was wir uns so lange schon im Leben gewünscht hatten.

Verwirrt drehte ich mich aus seinen Armen und ging in die Küche, um einen Tee aufzubrühen und eine Kleinigkeit zum Essen aufzudecken. Mein Kühlschrank gab nicht viel her, denn ich hatte noch keine Zeit gefunden einzukaufen. Gernot öffnete eine Flasche Rotwein. Wir saßen uns gegenüber und schauten uns glücklich an. Glück bedarf nur weniger Worte.

Dennoch, ich war ein gebranntes Kind und wollte nichts überstürzen. Alles fühlte sich gut und richtig an, doch ich ging wieder auf Distanz. Gernot schien nichts anderes erwartet zu haben und erzählte ein wenig aus seinem Leben.

Er war bei seiner Mutter und ohne Vater aufgewachsen. Erst vor wenigen Jahren hatte er erfahren, dass sein Vater noch lebte. Seine Mutter war noch sehr jung, als sie mit ihren Eltern Cuxhaven verlassen hatte. Kaum sechzehn Jahre alt war sie gewesen, sein Vater erst achtzehn Jahre alt. Als sie bemerkte, dass sie schwanger war, sollte sie das Kind abtreiben lassen. Sie war nach Berlin geflohen in die Obhut einer Großtante, die sich bereit erklärt hatte, für sie und das Kind zu sorgen. Für ihre Eltern war die frühe Schwangerschaft eine Schande und sie distanzierten sich von ihrer Tochter.
„So etwas gibt es noch?" war meine erstaunte Frage. „Ich dachte, so etwas gibt es nur in Kitschromanen!"

„Für mich war das alles nicht schlimm", meinte Gernot leichthin. „Während meine Mutter ihre Ausbildung zur Krankenschwester machte, lebte ich absolut geborgen bei meiner Tante Gisela. Für mich war sie so etwas wie eine Großmama und ich hatte sie sehr lieb. Leider ist sie vor fünf Jahren verstorben. Du hättest sie gemocht, Konstanze."

„Hat dein Vater denn nie Unterhalt für dich zahlen müssen?"

„Nein, meine Mutter wollte nicht aus Pflichtgefühl geheiratet werden und hatte einfach behauptet, den Erzeuger nicht namentlich zu kennen. Sie wollte auch kein Geld von ihm. Er war nicht ihre große Liebe. Trotzdem habe ich sie immer wieder bedrängt, mir zu erzählen, wer mein Vater ist. Vor drei Jahren erst hat sie es mir gebeichtet. Interessant war zu erfahren, dass wir beide in der gleichen Branche arbeiten. Wir haben sogar viele Telefonate miteinander geführt, ohne zu wissen, dass wir Vater und Sohn sind. Das ist alles recht komisch, findest du nicht auch? Aber genug von mir. Wie bist du eigentlich zu deinem Job als Chefsekretärin gekommen. Und wie waren deine Eltern zu dir?"

„Ach, da gibt es nicht viel zu erzählen. Mein Vater arbeitete in der Verwaltung eines Forstbetriebes. Er war ein belesener Mann, der sehr gerne und alles in seinem Leben delegierte. Meine Mutter war damals als Flüchtlingskind über die Ostsee gekommen. Sie arbeitete als Kindermädchen in verschiedenen Familien.
Als ich geboren wurde, gab sie ihren Beruf auf und kümmerte sich liebevoll um mich. Leider erkrankte sie schwer und verstarb noch sehr früh. Mein Vater verunglückte tödlich auf dem Weg zur Arbeit. Mit

sechzehn Jahren war ich auf mich alleine gestellt. Meine Großeltern wohnten mit im Haus und kümmerten sich um mich liebevoll. Sie waren nicht begütert und ich begann, sofort nach meinem Schulabschluss zu arbeiten. Zunächst war ich Rezeptionistin in einer Baufirma in Horneburg, dort wurde ich spät abends, als ich Überstunden machen musste, von einem verheirateten Kollegen überfallen. Zum Glück konnte ich mich befreien und aus dem Haus fliehen. Er wurde am nächsten Tag fristlos entlassen. Bei mir saß der Schock allerdings fest und ich kündigte. Danach war ich vier Jahre lang in der Verwaltung tätig, doch die Arbeit war recht eintönig und es gab keine Aufstiegschancen. Das Gehalt war zwar gut, aber ich wollte beruflich noch weiterkommen. So bewarb ich mich hier in unserer Firma.

Zuerst bekam ich versehentlich eine Absage, doch der Irrtum klärte sich nach wenigen Tagen auf und Abteilungsleiter Hansen rief mich persönlich an, um mir die gute Nachricht zu überbringen. Ich arbeitete mit ihm an einer Übersetzung für die WHO. Wegen dieser zusätzlichen Arbeit wurde Herr Carstensen auf mich aufmerksam. Ich bekam die Chance, den Posten als Chefsekretärin zu übernehmen. Natürlich sagte ich sofort zu", endete ich stolz.

Gernot hatte aufmerksam zugehört. „Ich habe gehört, dass die Firmenleitung demnächst in andere Hände übergehen soll", bemerkte er fragend.
„Darüber kann und mag ich nicht reden", kam meine forsche Antwort. „Wenn du etwas darüber wissen möchtest, dann musst du schon den Chef persönlich fragen."

Gernot schaute mich lange an. „Einfach toll, deine Loyalität", meinte er bewundernd. „So etwas findet man sehr selten."
Und er erzählte mir von einer Sekretärin, die gebeten wurde, die Hochzeit ihres Vorgesetzten geheim zu halten. Sie sagte zu niemandem ein Wort, da sie dachte, das Privatleben ihres Chefs sollte aus der Firma absolut herausgehalten werden. Als dieser jedoch aus den Flitterwochen wieder in den Betrieb kam und eine kleine Feier erwartete, war er zutiefst enttäuscht, dass niemand etwas von seiner Hochzeit erfahren hatte.
Er hatte angenommen, dass gerade die Verschwiegenheit, um die er gebeten hatte, Anlass wäre für Tratsch und Gerede.

Wir mussten beide über diese Geschichte lachen. Gerne hätten wir uns weitere Anekdoten erzählt, jedoch wollten wir am anderen Morgen früh aufstehen und dann zum Möbelkauf starten. Gemeinsam stellten wir unser Geschirr in die Spülmaschine, nahmen uns noch einmal in die Arme, um uns dann schlafen zu legen. Gernot unternahm nicht einmal den Versuch, mich zu verführen oder zu bedrängen und ich war ihm sehr dankbar dafür.

Am nächsten Morgen wachte ich noch vor dem Weckerklingeln auf. Irgendetwas war anders. Vorsichtig schlich ich im Shirt in die Küche, barfuss natürlich, um nicht gehört zu werden. Ich staunte. Der Frühstückstisch war gedeckt, der Kaffee lief bereits blubbernd durch die Kaffeemaschine und von Gernot fehlte jede Spur. Welche Freude, sicherlich war er bereits zum Bäcker gefahren, um uns Brötchen zu holen. Und so war es auch. Ich war gerade unter der Dusche, als ich ihn zurückkommen hörte.

Schnell kleidete ich mich an. In Jeans und frechem T-Shirt war ich für ihn ein ungewohnter Anblick. Die Haare hatte ich für ihn selbstverständlich heute Morgen offen gelassen.

„Guten Morgen", rief er fröhlich. „Welche unbekannte Schönheit kommt mir denn so früh schon in die Arme gelaufen?"

Ich strahlte ihn an, gab ihm einen liebevollen Begrüßungskuss und freute mich über die mitgebrachten Leckereien. Schließlich hatte er sogar mehrere Sorten Käse und einige Sorten Wurst und Schinken besorgt.
Es war kurz vor neun Uhr, als wir endlich starteten.

Es gibt Einkäufe, die mir nie viel Spaß bereiteten. Aber an diesem Tag war alles anders. Die Verkäufer buhlten um unsere Gunst. Wir jedoch wollten erst einmal in aller Ruhe Informationen sammeln. Dunkelbraun und Eichenholz wurde von uns verschmäht. Kirschbaum, gerade modern, fand ebenfalls nicht unseren Gefallen. Wir frotzelten und spaßten. Endlich entschieden wir uns für eine silbergraue Leder-Schlafcouch. Mit wenigen Handgriffen konnte man diese zu einem großzügigen Doppelbett umfunktionieren. Sie sah edel aus und auch der Preis stimmte.

In der nächsten Abteilung fanden wir einen farblich dazu passenden Lederhocker und einen aus Baumwurzel gefertigten Tisch mit gläserner Platte. Ein exquisites Stück, wir waren begeistert. Ein paar Schritte weiter entdeckten wir eine wunderschöne Vitrine, ebenfalls aus Wurzelholz Es handelte sich um ein Restexemplar. Schließlich fanden wir unter Bergen von Dekorations-Artikeln schlichte farbige Kissen und Schlaufenstores.

In der Geschenk-Abteilung ergatterten wir eine Stehlampe mit patiniertem Eisengestell und silbergrauem Schirm, dazu passend einen Kerzenleuchter und eine Obstschale.

In der Teppichabteilung fanden wir schließlich einen grau-weiß geflammten Hochflorteppich und für das Badezimmer türkisfarbene Vorleger und nützliche Utensilien.

Zum Glück konnten alle Möbel bereits am Montagnachmittag geliefert werden, da außer unserer noch eine weitere Lieferung nach Cuxhaven anstand. Ein absoluter Glücksfall.

Als wir mit Kissen, Stores und allerhand Kleinkram unser Auto bepackten, waren wir unbeschwert und fröhlich wie kleine Kinder.
Jetzt mussten nur noch einige Pflanzen gekauft werden, um alles gemütlich zu gestalten.

Zurück in Cuxhaven entdeckten wir in einigen Umzugskartons Gläser, Tafelgeschirr und weitere Accessoires, die nur darauf warteten, endlich ausgepackt zu werden Sorgfältig und behutsam trugen wir alles zum Reinigen in die Küche, um sie dann am Montag sofort in die neue Vitrine räumen zu können.

Gernot zeigte mir anschließend den Rest des Hauses und den angrenzenden kleinen Garten.

„Hast du denn überhaupt Zeit, das alles hier zu pflegen?" fragte ich erstaunt.

„Ich habe mir Hilfe geordert", meinte er beiläufig. „Die Fenster lasse ich durch eine Firma putzen, einmal in der Woche kommt eine Hilfe zum Saugen und Wischen, und Gartenarbeit mache ich sehr gerne selber."

„Ja, aber reicht denn deiner Gehalt für das alles überhaupt", staunte ich. „So viel Geld verdient ihr doch alle nicht."

„Ich brauche nicht viel zum Leben. Das Essen in der Kantine ist gut und günstig und auf Edelklamotten kann ich verzichten. Ich komme ganz gut zurecht."

Obwohl ich ihm das nicht so recht glaubte, schwieg ich lieber und fragte nicht weiter. Aber meine Zweifel blieben bestehen, denn das Haus lag in der besten Gegend dieser Stadt. Vielleicht unterstützt ihn seine Mutter, dachte ich bei mir. Doch als Gernot mich in seine Arme nahm und küsste, vergaß ich alles weitere um mich herum.

Abends lud Gernot mich zum Essen ein. Wir wählten ein chinesisches Restaurant gegenüber der St.- Martinskirche. Ich war zum ersten Mal dort und erstaunt über das gemütliche Ambiente. Das Essen war sehr lecker und reichhaltig. Dazu wurde ein Pflaumenlikör gereicht. Wir genossen diese Stunden bei Kerzenschein, sanfter Hintergrundmusik und dezenter Beleuchtung. Als wir das Restaurant verließen, läuteten gerade die Kirchenglocken.

„Na, wenn das kein Zeichen ist", murmelte Gernot vor sich hin.

Es war leider schon viel zu dunkel, um im Schlosspark einen Spaziergang zu machen. Wir beschlossen, in der Nordersteinstraße einen Schaufensterbummel zu machen, bevor wir zu Gernots Wohnung zurückfuhren. Doch die Schaufenster waren unbeleuchtet und die Straße menschenleer. So fuhren wir nach Hause und machten es uns bei einem Glas Rotwein und leiser Klaviermusik gemütlich. Gernot bevorzugte klassische Musik und wir Dicht aneinander gekuschelt saßen wir bei Kerzenschein in seinem urgemütlichen

Wohnzimmer. Eigentlich fehlte nur noch ein Kamin mit knisterndem Feuer.

Wir redeten nicht viel, sondern genossen es, behutsam und zärtlich unsere Körper zu erforschen. Als wir dann endlich alle Bedenken und Hemmungen ablegten, vereinigten wir uns voller Innigkeit, Harmonie und Leidenschaft. Noch lange lagen wir eng aneinandergekuschelt wach. Alles erschien wie ein endloser Traum.

Unbarmherzig laut klingelte der Wecker sehr früh am Montagmorgen. Wir hatten nur wenig Lust, aufzustehen und auf die Möbelpacker zu warten. Doch das änderte sich schlagartig, als Gernot frische Brötchen holte und wir uns mit duftendem starken Kaffee und allerhand Leckereien zum Frühstück setzten. Wir hatten gerade den letzten Bissen zu uns genommen, da klingelte es schon an der Haustür. Zwei kräftige Männer brachten in Windeseile die gut verpackten Möbel herein.

Zu meinem großen Erstaunen war in einer halben Stunde bereits alles erledigt und sogar die Verpackungsmaterialien waren sauber entfernt und mitgenommen worden. Wir hatten alles gut gewählt, denn als wir endlich alles eingerichtet und dekoriert

hatten, sahen die Zimmer perfekt und zum Wohlfühlen aus. Farblich war alles aufeinander abgestimmt.
Erschöpft und glücklich schauten wir uns um. Jetzt fehlten nur noch zwei bis drei Orchideen, um den Zimmern Harmonie und Wärme zu geben.

Wir beschlossen, den Tag ruhig ausklingen zu lassen. Wir gönnten uns abends eine leckere Pizza und ein Glas Rotwein bei unserem Lieblings-Italiener, denn ab morgen würde alles wieder seinen gewohnten Gang gehen und die nächsten Tage würden wieder voller Arbeit und Pflichten sein.

Am Dienstagmorgen hatte Gernot in der Frühe einen Termin bei Herrn Carstensen. Mich wunderte das sehr, denn Besuche beim Chef waren nicht an der Tagesordnung. Schließlich lief in der Produktion alles wie am Schnürchen. Da mich diese Angelegenheit nicht betraf, machte ich mir jedoch keine weiteren Gedanken.

Nach Feierabend bestand ich darauf, mit dem Zug nach Hause zu fahren und Gernot brachte mich wieder einmal zum Bahnhof. Ich brauchte Zeit für mich alleine und hatte keine Haushaltshilfe wie er. So wollte ich an diesem Abend meine Wäsche in Ordnung bringen, bügeln und aufräumen. Auch einige Besorgungen mussten gemacht werden, schließlich war mein Kühlschrank gähnend leer. Wie immer war Eile geboten, denn der Markt schloss um 20.30 Uhr.

Mit viel Arbeit vollgepackt verlief diese Arbeitswoche schnell. Wir trafen uns in den Mittagspausen und freuten uns über diese kapp bemessene gemeinsame Zeit. Gernot lud mich für Samstag zum Abendessen ein. Seine Mutter hatte ihren Besuch um eine Woche verschoben. So wollten wir das Wochenende gemeinsam verbringen.

Wir wählten unser Lieblingsrestaurant und fuhren zum einzigen Griechen der Stadt. Leider hatten wir versäumt, einen Tisch zu bestellen. Das war ein großer Fehler, wie sich herausstellte. Bis auf einen unbequemen Tisch nahe der Treppe, der auch noch die Nummer dreizehn trug, war alles besetzt.

Etwas widerwillig nahmen wir Platz, denn wir hatten keine Lust, wieder umzukehren. Es sollte ein bemerkenswerter Abend werden.

Als uns nach längerem Warten endlich die Karte gereicht wurde, waren wir uns über die Wahl des Gerichtes schon lange im Klaren.

Wir bestellten eine Fleischplatte mit verschiedenen Grillspezialitäten, dazu gab es Reis und einen leicht säuerlich angemachten Salat. Dazu trank ich einen leichten Roséwein. Gernot verzichtete auf den Wein schweren Herzens, da uns zum Essen ein Ouzo gereicht wurde und er noch fahren musste.

Wieder einmal schmeckte das Essen vorzüglich. Wir saßen uns gegenüber und obwohl Gernot den Treppenaufgang direkt im Rücken hatte, schien es ihn nicht zu stören.
Ganz unerwartet griff er meine Hand, hielt sie fest und schaute mir tief in die Augen.

„Konstanze", begann er leise. „Ich weiß nicht, wie ich es sagen soll. Aber ich möchte dich etwas fragen. Wir kennen uns noch nicht so lange, aber ich kann mir ein Leben ohne dich nicht mehr vorstellen. Ich möchte dich jeden Morgen neben mir aufwachen sehen, dich in die Arme nehmen, dich atmen hören und deine Nähe spüren. Glaubst du, ja, könntest du dir vorstellen, den Rest des Lebens mit mir gemeinsam zu verbringen? Ach, ich hoffe, du erwartest jetzt von mir keinen formvollendeten Heiratsantrag."

Ich war total überrumpelt. Seine Augen sahen mich flehentlich an.

„Als ich dich damals im Foyer stehen sah wusste ich sofort: Die oder keine. Ich konnte kaum noch arbeiten und musste immer an dich denken. Bitte sag doch was, Konstanze." Immer noch war ich nicht imstande, ein einziges Wort herauszubekommen. Eine kleine Ewigkeit schien vergangen zu sein, als ich mit rauer Stimme endlich antwortete.

„Ja", sagte ich leise.

„Heißt das, du sagst ja?" Erleichtertes Lachen folgte.
„Ja, Liebster, ich kann es mir vorstellen. Es geht mir genau so wie dir. Ich kann ebenfalls an nichts anderes mehr denken, als immer nur an dich. Herr Carstensen hat schon bemerkt, dass ich nicht mehr so konzentriert arbeite und sprach mich mehrfach darauf an. Mein Leben ist unglaublich schön mit dir. Ich möchte abends überhaupt nicht nach Hause fahren, sondern für immer nur bei dir bleiben."

Wir vermochten beide nichts mehr zu sagen und entdeckten in den Augen unseres Gegenübers kleine Wölkchen. Gernot zeigte auf das kleine Schild auf unserem Tisch. Für uns bedeutete die 13 keine Unglückszahl. Nein, dieser Tisch würde für immer unser Glückstisch bleiben. An keinem anderen als der Nummer dreizehn wollten wir in Zukunft sitzen, das beschlossen wir sogleich.

Gernot nestelte in seiner Jeanstasche und holte geheimnisvoll ein kleines blaues Kästchen heraus. Mit einem unsicheren Lächeln überreichte es mir.

„Als du schliefst, sah ich dich lächeln. Da wusste ich, dass ich dich nie mehr gehen lassen könnte", flüsterte er. „Ich habe von einem deiner Ringe heimlich das Maß genommen und bin am nächsten Tag sofort zum Juwelier. Ich hoffe, dein Verlobungsring gefällt dir."

Hingerissen öffnete ich das Schächtelchen und entdeckte einen schmalen Weißgoldring mit einem wasserblauen Aquamarin. Innen trug der Ring die Gravur: *In Liebe – Gernot*.

Meine Augen wurden feucht. Gernot nahm den Ring, schob ihn sanft auf meinen linken Ringfinger und küsste sanft meine Fingerspitzen. Dann wurde Gernot ganz ernst.

„Du hast zu mir JA gesagt", begann er stockend. „Ich muss dir aber noch etwas Schwerwiegendes beichten und hoffe, du verzeihst mir, dass ich nicht ganz ehrlich zu dir war." Neugierig schaute ich ihn an.

„Hast du irgendetwas ausgefressen? Bist du geschieden? Hast du Kinder?" Mehr fiel mir nun wirklich nicht ein. Gernot lächelte.

„Es ist etwas anderes. Bitte frag nicht weiter. Ich erzähle dir jetzt alles."
Und dann kam die große Überraschung. Gernot war der Sohn von Herrn Carstensen.
Ich war sprachlos.

„Mein Vater wollte mich natürlich erst einmal kennen lernen. Es war selbstverständlich, dass er auf einem Vaterschaftstest bestand, bevor wir uns zum ersten Mal trafen. Als dieser „Positiv" war, lud er mich umgehend nach Cuxhaven ein. Unser Treffen war sehr bewegend und wir mochten uns sofort. Vor allen Dingen konnten wir es einfach nicht begreifen, dass wir auch beruflich den gleichen Weg gegangen waren. Und dann kam mein Vater auf die Idee, dass ich seine Firma übernehmen könnte, denn er hatte vor, sich endlich zur Ruhe zu setzen.

Das war ein wundervolles Angebot, doch konnte ich nicht übersehen, ob ich dieser Arbeit überhaupt gewachsen war. So hatte ich große Bedenken und wollte über ihn und die Firma zuerst noch vieles mehr von ihm erfahren. Vor allen Dingen wollte ich aber, bevor ich überhaupt in der Lage war, eine Entscheidung zu treffen, unerkannt als Springer alle Abteilungen der Firma durchlaufen. Niemand sollte bis dahin erfahren, dass ich der Sohn vom Chef bin. Es ging ja auch niemanden etwas an. Ich nahm meinen Jahresurlaub und weitere 3 Monate unbezahlten Urlaub und konnte auf diese Weise meinen weiteren Weg überdenken.

Und dann traf ich dich, Konstanze. Ich wusste sofort, ich bleibe auf jeden Fall in der Firma und wollte dich unbedingt näher kennen lernen. Vor allen Dingen solltest Du mich als einfachen Arbeiter erfahren. Hättest du die Wahrheit gewusst, wärest du sofort auf Distanz gegangen. Mein Vater warnte mich davor."

So, nun war es heraus, das große Geheimnis. Was konnte ich darauf antworten. Es war klar, dass ich mich niemals auf den Junior-Chef eingelassen hätte. Das war ein Tabu-Bereich. Ich konnte ihn voll und ganz verstehen und ihm einfach nicht böse sein.

Die folgende Nacht zeigte mir, dass ich mich richtig entschieden hatte. Wir gaben einander hin und liebten uns voller Zärtlichkeit und Leidenschaft. Auch der Sonntag verging wie im Traum und dieses Hochgefühl hielt in den folgenden Tagen an. Vorerst wollten wir niemandem etwas von unserer Verlobung erzählen. Meine Freundin Anne versuchte täglich, mich telefonisch zu erreichen. Als ich endlich wieder einen klaren Kopf hatte, rief ich sie an.

„Conny, endlich, was ist los. Du meldest dich ja gar nicht mehr. Ich mache mir große Sorgen um dich. Bist du krank? Geht es dir nicht gut?"

Ach, die liebe Anne. Ich erzählte ihr mit wenigen Worten, wie glücklich ich sei und dass ich die meiste Zeit in Cuxhaven verbracht hatte. Die Verlobung verschwieg ich ihr jedoch.

Dann kam das Wochenende, an dem endlich Gernots Mutter aus Berlin anreisen wollte. Ich fuhr am Freitagabend nach Hause, um mir geeignete Kleidung auszuwählen. Am Samstagnachmittag wollte ich per Bahn in Cuxhaven eintreffen und Gernot würde mich am Bahnhof abholen. Ich war am Morgen noch nicht einmal richtig angezogen, als es an der Wohnungstür Sturm klingelte. Gernot stand vor mir in Begleitung seiner Mutter. Ich muss ziemlich seltsam geschaut haben, denn beide fingen herzlich an zu lachen.

„Entschuldigen Sie bitte den Überfall", meinte seine Mutter. „Ich heiße Hannelore und bin die Mutter dieses verrückten Subjekts. Gernot wollte Sie partout abholen und Ihnen nicht die lange Bahnfahrt zumuten. Nun, hier sind wir. Wir haben sogar Brötchen mitgebracht."
Grinsend nahm Gernot mich in die Arme. Ich bat beide, in der Küche Platz zu nehmen und bereitete schnell Kaffee. Zum Glück hatte ich genügend Marmelade, Wurst und Käse im Haus. Dann entschuldigte ich mich kurz und ging in das angrenzende Schlafzimmer, um mich fertig anzukleiden.

„Mein Liebes, es tut mir leid, ich wollte dich nicht so überrumpeln." Gernot stand plötzlich hinter mir. Wie konnte ich ihm böse sein.

Da seine Mutter schlicht gekleidet war, brauchte ich mich ebenfalls nicht in ein Kostüm zu zwängen und wählte eine dunkle Hose mit einem rosafarbenen Pullover. Eine zarte Kette unterstützte die zurückhaltende Eleganz. Meine neue Kaschmir-Jacke in warmen Brauntönen war eine hervorragende Ergänzung und brachte mir anerkennende Blicke der beiden Wartenden. Wir Frauen mochten uns sofort. Ich bemerkte, wie auch die letzte Unsicherheit verschwand und sich in uns allen Erleichterung ausbreitete.

Wir ließen uns viel Zeit zum Gedankenaustausch und genossen das erste gemeinsame Frühstück. Danach verließen wir die Wohnung, um nach Cuxhaven zu fahren. Natürlich sollte Hannelore im Auto vorne sitzen. Sie lehnte entrüstet ab und meinte, dass mir dieser Platz gehöre. Auf Hannelores Wunsch hin fuhren wir zur Alten Liebe und beobachteten eine Weile das Vorüberfahren der riesigen Containerschiffe.

Von dort aus ging es über viele Umwege nach Duhnen. Wir genossen den kühlen Seewind und den Blick über die feuchte Wattlandschaft. Als wir Hunger verspürten, fuhren wir in den Hafen. Hannelore hatte den unbändigen Wunsch auf ein Fischgericht mit Bratkartoffeln und lud uns zum Mittagessen ein.

Zum Ausruhen kamen wir leider nicht. Gernots Mutter wünschte sich unbedingt eine Stadtrundfahrt. Wir kamen ihrer Bitte gerne nach und fuhren mit ihr kreuz und quer durch die Stadt. Hannelores Augen leuchteten, als sie sich an immer mehr Einzelheiten ihrer Kindheit in Cuxhaven erinnerte. Abends saßen wir erschöpft in Gernots Wohnzimmer und ließen den Tag bei einem Glas Rotwein ausklingen.

Die Stunden mit Hannelore vergingen viel zu schnell. Bereits am Sonntagvormittag wollte sie ihre Rückreise antreten. Wir versprachen ihr, noch vor Weihnachten nach Berlin zu kommen, um dort mit ihr gemeinsam über den Weihnachtsmarkt zu bummeln. Eine letzte Umarmung, dann waren wir wieder alleine.

Dezember 1993

In den letzten Wochen des Jahres gab es in der Firma immer viel zu tun. Wie in jedem Jahr wollten wir zwischen den Jahren den Betrieb ruhen lassen. Alle hatten sich diese freie Zeit verdient und viele der Angestellten und Arbeiter nutzten diese Tage für einen Kurzurlaub oder Familienbesuche. Gernot und ich sahen uns lediglich in der kurzen Mittagspause und in den Abendstunden. Beide waren wir in die Arbeit voll eingebunden.

Seit Tagen fühlte ich mich nicht wohl. Es grassierte die Magen- und Darmgrippe und eines Morgens blieb auch ich nicht davon verschont. Dennoch begab ich mich trotz Gernots Protest an meinen Arbeitsplatz. Da mir auch in den nächsten Tagen schwindelig war und mein Kreislauf versagte, befahl Herr Carstensen, noch am Nachmittag bei einem Arzt einen Termin zu machen.

Brav folgte ich seinen Anweisungen, bestellte ein Taxi und war bereits kurz nach Mittag in einer nahe gelegenen Praxis. Der Arzt untersuchte mich gründlich, telefonierte dann mit einem Kollegen, den ich anschließend aufsuchen sollte.

Das Untersuchungsergebnis war eindeutig. Ich war fix und fertig mit den Nerven und wusste nicht, ob ich weinen oder lachen sollte.

Ziemlich durcheinander machte ich mich direkt auf den Weg zum Bahnhof und ging nach Hause. Noch im Zug rief ich Anne an und bat sie flehentlich, noch am selben Abend zu kommen.

Sie strahlte über das ganze Gesicht, als ich ihr erzählte, dass ich schwanger sei. Immer wieder fasste sie auf meinen Bauch und strich mit ihren kleinen Händen vorsichtig darüber. Ihre Freude war ansteckend. Ganz langsam freundete ich mich mit dem Gedanken an, Mutter zu werden. Aber war es dafür nicht eigentlich zu spät?

In meinem Alter bedeutete es doch eine Risiko-Schwangerschaft. Ich müsse sehr gut auf mich aufpassen, hatte der Arzt gesagt. Und vor allen Dingen: Wie würde Gernot auf diese Nachricht reagieren? Wollte er überhaupt Kinder? Würde er sich von mir trennen? Würde er von Abtreibung reden?

Fragen über Fragen hämmerten in meinem Kopf. Doch Anne beruhigte mich mit sanften Worten. Nach einem langen Gespräch und vielen Überlegungen fuhren wir schließlich zum nahen Supermarkt und kauften in der Spielwarenabteilung eine winzig kleine Puppenwiege.

Wieder zu Hause angekommen wickelten wir das Ultraschallbild als Röllchen geformt in Kinderpapier ein und legten beides in eine bunte Schachtel. Ach, wie gerne hätte ich danach mit Anne ein Glas Sekt getrunken. Doch sie war absolut dagegen und wollte gerne zurück nach Hause.

Es war spät geworden. Dennoch wollte ich unbedingt Gernot anrufen. Meine Aufregung musste ich unbedingt vor ihm verbergen und außerdem fiel es mir sehr schwer, Gernot anzuschwindeln. Ich erzählte ihm, dass mir sehr übel sei und der Arzt mir geraten hatte, umgehend nach Hause zu fahren, um mich auszukurieren. Er möge sich keine Sorgen machen. Morgen wäre ich sicher wieder in der Firma und wohlauf.

Doch Gernot war sehr beunruhigt und wollte sich sofort zu mir auf den Weg machen. Mit Zwieback und Suppe würde es mir schnell wieder besser gehen, meinte er.
Natürlich lehnte ich ab. Es war inzwischen Schlafenszeit. So redete ich auf ihn ein und er gab schließlich nach und blieb daheim.

In dieser Nacht fand ich nur wenig Schlaf. Ich hatte mir vorgenommen, den Frühzug zu nehmen, um Gernot noch zur Frühstückszeit zu Hause zu erreichen. Als der Wecker klingelte, hatte ich große Mühe, mich zurechtzufinden. Meine Glieder waren bleischwer, aber es half nichts. Ich musste mich beeilen. In letzter Minute erreichte ich außer Atem den Bahnhof und ließ mich erschöpft auf der nächsten Sitzbank nieder.

Ein Taxi brachte mich vom Cuxhavener Bahnhof zum Westerwischweg. Ein wenig zitterten meine Beine, als ich an Gernots Haustür klingelte. Erstaunt sah er in mein leicht gerötetes Gesicht, nahm mich dann aber sofort liebevoll in seine Arme.

„Hattest du solch große Sehnsucht nach mir?", raunte er zärtlich in mein Ohr.

„Ja!", konnte ich nur erwidern, „aber schau mal, was ich dir zum Frühstück mitgebracht habe."

„Da passt aber kein Brötchen `rein." Gernot schaute auf das kleine Päckchen, das ich bei mir trug und dann wieder auf mich.

„Wie geht es dir, Konstanze?", war sogleich seine Frage. „Kannst du überhaupt schon wieder arbeiten? Solltest du heute nicht im warmen Bettchen liegen und schlafen?"

„Ich habe dir etwas mitgebracht", wiederholte ich leise und überreichte ihm die bunte Schachtel. Wir gingen hinein und ich folgte ihm in die Küche. Der Tisch war spartanisch mit einem Becher Kaffee und einem halben Marmeladenbrötchen gedeckt.
Ein Junggesellfrühstück eben!
Langsam und bedächtig hob Gernot den Deckel von der Schachtel und schaute fassungslos auf den Inhalt.

„Konstanze...", seine Stimme stockte. Während er nach Worten rang, füllten sich seine Augen mit Tränen. Dann nahm er mich wortlos in seine Arme und hielt mich fest umschlungen.

„Wir bekommen ein Kind? Das war also der Grund für deine Übelkeit in den letzten Tagen? Ich kann es nicht fassen!", stammelte er nach einer Weile.
„Oh mein Schatz, du machst mich zum glücklichsten Mann der Welt! Du darfst jetzt nicht mehr so viel arbeiten. Am besten bleibst du ab sofort zu Hause. Es darf euch nichts passieren. Du musst dich von nun an schonen....."

„Nun mal langsam", lachte ich. „ ob und wie viel ich arbeite, entscheide immer noch ich. "

„Aber in diesem Haus bestimme ich!", kam sofort der Einwand.

„Nun schau doch mal nach, was in der Wiege liegt", bat ich ihn ungeduldig.

„Was? Du hast sogar schon ein Foto von ihm?" Staunend und ehrfürchtig betrachtete Gernot das kleine Wesen, das für ihn auf dem Papier kaum erkennbar schien.

Ich musste lachen. „Warte mal ab. Auf dem nächsten Foto wirst du es schon deutlicher sehen. Was heißt übrigens *„von ihm?"*. Vielleicht wird es ein kleines Mädchen. Und jetzt, mein geliebter Schatz, hätte ich gerne eine Tasse Kaffee, bevor wir zu unserer Arbeit fahren."

Nachdem er sich von dieser Überraschung erholt hatte, wollte Gernot unbedingt sofort heiraten. Noch am Vormittag fuhr er zum Rathaus und tatsächlich bekamen wir kurzfristig einen Termin beim Standesamt. Bereits am Nachmittag luden wir ohne weitere Erklärung seine kleine Familie ein, seinen Vater und dessen Frau und natürlich seine Mutter.

Diese drei Personen zum Tag vor dem Heiligen Abend zu einem Familientreffen zu überreden, war ein schwieriges Unterfangen. Schließlich stand der Jahreswechsel bevor und viele Arbeiten mussten noch vor den Feiertagen erledigt werden. Somit gab es für alle keinen triftigen Grund für ein Treffen so kurz vor Weihnachten. Die vielen neugierigen Fragen beantworteten wir ausweichend, ließen aber ihre Proteste nicht gelten. Wir gaben vor, bereits am Heiligen Abend in Urlaub zu fahren und dass wir vorher unbedingt mit der Familie Weihnachten feiern wollten.

Die wenigen Tage, die uns bis zum 23. Dezember zur Verfügung standen, verflogen in Windeseile mit den heimlichen Hochzeitsvorbereitungen.

Wir hatten zwei weitere kleine Puppenwiegen gekauft und Kopien der Ultraschallaufnahme hineingelegt. Alles wurde in buntes Weihnachtspapier eingewickelt und mit roten Schleifen verziert. Diese Geschenke wollten wir Gernots Eltern sofort nach unserer kirchlichen Trauung überreichen.

Endlich kam unser großer Tag. Wir hatten Anne gebeten, unsere Trauzeugin zu sein. Während sie mir bei der Garderobe half und meine Frisur sorgfältig aufsteckte, trafen zur vereinbarten Zeit unsere Gäste ein.

Nach einer kurzen Begrüßung bat Gernot die Drei, ihm mit dem Wagen zu folgen. Es wäre müßig, auf mich zu warten, denn meine Ankunft hätte sich unplanmäßig verspätet. Ich würde per Taxi so schnell es ginge nachkommen. Niemand ahnte, dass Anne und ich uns im Obergeschoss versteckt hielten, um meinen großen Auftritt vorzubereiten.

Anne hatte für mich einen kleinen Schleier gefertigt, den sie an einer weißen Haarkrone befestigt hatte. Nun steckte sie diese vorsichtig in meinen Haaren fest. Auch bestand sie darauf, mir ihre silberne Kette mit einem irisierenden Mondstein umzulegen und holte aus ihrer Handtasche ein blaues Strumpfband hervor.

„Jetzt hast du alles, was du bei deiner Hochzeit brauchst!", sagte sie voller Bewunderung. „Etwas Neues, etwas Altes, etwas Geliehenes und etwas Blaues. Das Neue ist die Krone, das Alte ist der kleine Schleier, den meine Mutti bereits zu ihrer Hochzeit trug, das Geliehene ist meine Kette, die ich anschließend wieder zurückhaben möchte. Na ja, und das blaue Strumpfband gehört eben sowieso zu einer Braut."

Anne, meine einzigartige Freundin, strahlte über das ganze Gesicht. Dann riefen wir auch für uns ein Taxi und fuhren los.

Jeder kann sich vorstellen, dass Gernots Eltern mich fassungslos überrascht anstarrten, als ich in meinem eleganten weißen Kostüm von meiner besten Freundin begleitet auf dem Parkplatz nahe dem Rathaus eintraf. Anne führte mich feierlich zu Gernot, der mir bewundernd entgegen sah.

Der Taxifahrer eilte zu seinem Wagen und entnahm ihm einen elegant gebundenen Strauß weißer Orchideen. Noch bevor sich alle von ihrem Staunen erholt hatten, übergab er Gernot die Blumen, der mit einer kleinen Verbeugung den herrlichen Strauß an mich weiter gab. Lächelnd bat er alle, uns zu folgen. Dann endlich schritten wir durch die große Empfangshalle des Rathauses

Vielleicht sollte ich abschließend erwähnen, dass wir uns nach dem Standesamt in der Ritzebütteler St. Martins-Kirche trauen ließen.

Unser Trauspruch hieß:

Nähme ich Flügel der Morgenröte
und bliebe am äußersten Meer,
auch dort würde deine Hand mich leiten
und deine Rechte mich halten.
(Psalm 139, 9 und 10)

Gestärkt durch diesen Segensspruch verließen wir die Kirche und gingen glücklich in unsere gemeinsame Zukunft.

Brigitte Anna Lina Wacker wurde 1953 in Voigtding, jetzt Wingst geboren und lebt und arbeitet als freischaffende Künstlerin in Cuxhaven. Bereits in ihrer Kindheit schrieb sie Gedichte, als Jugendliche widmete sie sich der Porträtmalerei.
Im Jahr 2000 erschien ihr erster Kunst-Lyrik-Bildband im Eigenverlag.
2005 folgte ein Engelbildband in limitierter Auflage.
Veröffentlichungen ihrer Gedichte und Kurzgeschichten erfolgten in zahlreichen Anthologien des Wolkenreiter-Verlags Fuldatal.

2012 erfolgte die erste Veröffentlichung ihres Gedichtes „Wunder Engel" in der Anthologie „Einfach nur ein Engel", net-Verlag.
Mit ihrem Gedicht „Ich bin" landete Brigitte A.L. Wacker
in der Jokers Datenbank der besten deutschsprachigen Gedichte.
Seit 2012 bis zum Oktober 2014 sind im Verlag BoD insgesamt 17 Bücher erschienen, darunter zwei Anleitungsbücher für Aquarellmalerei.

Weitere Bücher von Brigitte A.L. Wacker:

leben-lachen-lieben
Bilder – Gedichte - Kurzgeschichten
ISBN 978-3-8448-06281

Hein Wattwurm auf Reisen
-und andere Geschichten
ISBN 978-3-8482-0266-9

Kita – Vier Pfoten, eine Liebe
die Geschichte eines Hundes
ISBN 978-3-7322-4902-2

Ich gebe dir Engel mit auf den Weg
Bilder und Gedanken
ISBN 978-3-7322-9926-3

Liebevolle Wünsche und Gedanken für Dich
ISBN 978-3-7357-1764-1

Das Märchen vom kleinen Sternchen
für Erwachsene und Kinder
ISBN 978-3-7357-7883-3

PAULA
Erlebnisse mit einem Hund
ISBN 978-3-7357-4303-9